Uwe Goeritz

Die römische Münze

Bibliografische Information der Deutschen Nationalbibliothek:

Die Deutsche Nationalbibliothek verzeichnet diese Publikation in der Deutschen Nationalbibliografie; detaillierte bibliografische Daten sind im Internet über http://dnb.dnb.de abrufbar.

© 2016 Uwe Goeritz

Coverbild: Uwe Goeritz

Herstellung und Verlag: BoD – Books on Demand, Norderstedt

ISBN: 978-3-7392-1843-4

Inhaltsverzeichnis

Die römische Münze 7
  Ein glänzender Stein 8
  Im Dunkel des Waldes 11
  Aufbruch nach Rom 15
  Auf schmalen Pfaden 19
  Alte Freunde 23
  Die nubische Sklavin 27
  Das Gewimmel der Stadt 32
  Wege und Entscheidungen 36
  Auf dem Sklavenmarkt 40
  Aus freien Stücken 44
  Eine Seereise beginnt 48
  Sturmgepeitschte See 52
  Am Leben geblieben? 56
  Ein glänzendes Geschäft 60
  Die Rache einer Frau 64
  Erinnerungen an die Sklaverei 68
  Der lange Weg in die Heimat 72
  Zurück im Wald 76
  Einfaches Leben 80
  Die Gemeinschaft des Waldes 84
  Der erste Schnee 88
  Ein großer Kampf 92
  Familienfreuden 96

Ewige Treue 100
Ein glänzender Stein? 102
Zeitliche Einordnung der Handlung: 106

Die römische Münze

Diese Geschichte spielt in einer Zeit der Annäherung zwischen Römern und Germanen, in der Mitte des ersten Jahrhunderts unserer Zeitrechnung. In einer Epoche die, nach dem Sieg der Germanen über die Römer in der Varusschlacht, zuvor von Misstrauen der beiden Völker untereinander geprägt war. Das beginnende römische Kaiserreich wollte, wenn sie Germanien schon nicht besetzen konnten, wenigstens ihre Steuern und Handelswaren aus den Wäldern des Nordens erhalten.

Viele Germanen waren aber auch willkommene Verbündete und Kämpfer in den Legionen der römischen Armee. Oft schon als Kinder von den Römern als Geiseln genommen lernten sie das Leben in der Zivilisation kennen und schätzen. Nach ihrem Ausscheiden aus dem Armeedienst wurden viele von ihnen römische Bürger oder trieben Handel zwischen dem römischen Reich und den germanischen Stämmen des Nordens.

Für viele Germanen blieben aber zweifelnde Gedanken zurück. Auf der einen Seite das freie Land der Stämme, in dem ein jeder gleich war, und auf der anderen Seite das römische Reich, das seine Stärke auch auf den Schultern von unfreien Sklaven aufbaute.

Die handelnden Figuren sind zu großen Teilen frei erfunden, aber die historischen Bezüge sind durch archäologische Ausgrabungen, Dokumente, Sagen und Überlieferungen belegt.

1. Kapitel

Ein glänzender Stein

Nur spärlich war das Licht in dem dunklen Schacht. Der Sklave tastete mehr nach der Wand, als das er sie sah. Mit der Hacke schlug er immer wieder auf die Wand ein. Brocken für Brocken brach er heraus und legte sie in den Korb zu seinen Füßen. Er war noch keine zwanzig und sah doch schon wie ein alter Mann aus. Hier in diesem Schacht wurde keiner älter als dreißig. Seit fast zehn Jahren arbeitete er hier. Die Sonne hatte er in dieser Zeit höchstens ein paar Mal gesehen.

Wenn es früh am Morgen in den Berg ging, war es meist noch dunkel und abends, wenn der Aufseher sie heraus ließ, war die Sonne schon wieder unter gegangen. Er hatte keine Kraft mehr, jeder Schlag tat ihm weh. Mit jedem Schlag zog es in seinen Armen. „Bloß nicht die Hacke loslassen." dachte er. „Wenn die mir runter fällt, dann finde ich die nicht so schnell wieder, wie der Aufseher dann bei mir ist." er dachte an den Jungen, den der Aufseher fast zu Tode geprügelt hatte weil ihm dieses Missgeschick passiert war.

Der letzte Schlag klang anders, wie Metall auf Metall. Der Mann tastete nach vorn, aber der Aufseher war schon mit der Fackel bei ihm. Auch er hatte das Geräusch gehört und das konnte nur eines bedeuten. Der Mann kniff die Augen zusammen. Das helle Licht der Fackel blendete ihn. Ganz nahe an den Fels hielt der Aufseher die Fackel und aus der Wand heraus wurde das Licht zurück geworfen. Es glänzte gelb und der Aufseher schlug dem Mann vor Freude so auf die Schulter, dass er ein Stück zusammen sank. „Du hast die Ader gefunden. Unser Herr wird sehr zufrieden mit dir sein." sagte der Aufseher und brach ein mehr als faustgroßes Stück Gold aus der Wand.

So richtig darüber freuen konnte der Sklave sich nicht. Aber was soll es, er machte mit seiner schweren Arbeit weiter, während der Aufseher zum Ausgang des Stollens ging. Es wurde wieder dunkel um den Mann und er stapelte wieder die heraus geschlagenen Brocken in den Korb. Einer der Jungen kam zu ihm, holte den vollen Korb ab und brachte ihm einen leeren. Wie lange ging diese Arbeit noch? Heute? Und für Immer? Wie lange noch? Der Mann wusste es nicht. Schlag für Schlag, so wie hundert andere Sklaven hier im Berg, bis der Tod sie von der schweren Arbeit erlösen würde.

Der Aufseher ging über den Platz vor dem Stollen zu der Sänfte, in der sein Herr saß und sich von einer halbnackten Sklavin Weintrauben in den Mund stecken ließ. „Warum bist du hier und nicht bei deiner Arbeit?" schrie der Mann den Aufseher an, als dieser sich vor der Sänfte hinkniete. „Herr, wir haben die Ader wieder gefunden." sagte der Aufseher, während er den Blick zu Boden richtete und den Goldbrocken seinem Herrn hinhielt. „Aha." sagte der Herr etwas ruhiger, dann nahm er den Brocken in die Hand. „Gut, gut." sagte er leise, mehr zu sich selbst, und drehte das Gold in der Hand. „Mach dich wieder an deine Arbeit." herrschte er den Aufseher an und dieser verschwand, so schnell er konnte, wieder in seinem Stollen.

„Nach Hause." rief der Mann aus seiner Sänfte und vier Sklaven hoben ihn zusammen mit der Sklavin und der Sänfte an. „Schneller." rief er und schloss die Vorhänge. Während die vier Sklaven die Sänfte so schnell sie konnten über die kleine Straße hin zu dem Haus trugen betrachtete der Mann den Brocken in seiner Hand. Die Sänfte schaukelte beträchtlich und mehr als einmal fiel die Sklavin auf ihn. Jedes Mal knurrte er sie an.

Erschöpft setzten die Sklaven die Sänfte vor der Villa ab. Der Mann schlug den Vorhang auf und ging, ohne die Männer weiter zu beachten, den Weg zu der Villa entlang. Eine Frau stand am Eingang und rief „So früh zurück Julius Gajus?" Er nickte nur und hielt ihr zufrieden schnaufend den glänzenden Brocken hin. „Das werden viele Münzen." sagte er mit einem breiten Lächeln.

2. Kapitel

Im Dunkel des Waldes

Der Mann trat aus der Hütte und schaute auf die Baumkronen rings um dem Haus. Er war groß und muskulös, sein braunes Haar fiel ihm auf die Schultern und zusammen mit dem dichten Bart gab ihm das ein wildes Aussehen. Er hatte ein kurzes römisches Schwert an seiner Hüfte und griff zu dem Speer, der neben der Tür an der Wand stand. Eine ältere Frau trat hinter ihm aus der Hütte. „Hast du alles Karl?" fragte sie ihn und er schaute auf seine beiden Gefährten, die gerade ein paar Säcke auf eine zweirädrige Karre luden.

„Ich denke schon Mutter." sagte er und ging, ohne sich noch einmal umzusehen zu dem Karren. Er legte den Speer darauf, wo schon die Speere der anderen beiden Männer lagen. Sie hatten kurze einschneidige Schwerter an ihrer Seite. Die Männer nickten sich zu, kein Wort fiel, alles war mit einem nicken gesagt. Karl holte das zottelige Pferd aus dem Stall und spannte es vor den Wagen. Er griff den Zügel mit der linken Hand und führte das Pferd aus dem Kreis der Hütten auf den Waldweg hinaus.

Er war gerade einmal 25 Jahre alt, doch der lange verfilzte Bart machte ihn älter. Auch seine beiden Freunde waren noch nicht so alt, wie es ihr Aussehen vielleicht erahnen ließ. Das Leben hier in der Wildnis des Waldes hinterließ mit jedem Jahr seine deutlichen Spuren in den Gesichtern der Männer. Zerfurcht und von der Sonne gegerbt war ihre Haut. Aus schmal zusammengekniffenen Augen nahmen sie jede Bewegung im Wald wahr. Immer war es entweder eine Beute oder ein Feind.

Es war Ende März und der Schnee war gerade geschmolzen. An einigen Stellen im Wald lag er aber noch knietief. Nur dieser Waldweg war einigermaßen frei vom Gestrüpp und befahrbar. Hinten in dem Wagen hatte Karl Waren, die er in Rom gegen goldene Münzen eintauschen wollte. Er wusste, was die Römer wollten und hatte nur Dinge dabei, die ein gutes Geschäft versprachen. Aber dies wussten sicher auch andere, die ihrerseits mit den Waren Handel treiben wollten. Der Wald zu ihren beiden Seiten war an den meisten Stellen vollkommen undurchdringlich. Nur ab und zu durchbrach eine, von Tieren angelegte, Schneise die Wand aus grün braunen verfilzten Hecken. Noch waren nicht viele Blätter an den Sträuchern, aber Dornen gab es schon genug hier.

Der Weg war weit und gefährlich, aber die drei Männer waren erfahrene Kämpfer und dieses Jahr war nicht ihre erste Reise in das Land der Sonne. Jedes Jahr im Herbst und Winter gingen sie auf die Jagd und immer im Frühjahr brachen sie auf, um die Pelze des Winters an den römischen Grenzorten im Süden zu verkaufen. Der Gewinn war immer spärlich gewesen für die harte Jagd und den weiten Weg. In diesem Jahr nun hatten sie beschlossen weiter nach Süden zu ziehen, um dort, direkt in Rom, ihre Pelze zu verkaufen und den Gewinn nicht den Zwischenhändlern zu schenken, sondern ihn selbst zu behalten.

Sie zogen weiter durch den Wald. Immer einer von ihnen führte das Pferd, die anderen zwei gingen hinter dem Wagen her und passten auf, dass sich niemand der Ware nähern konnte. Sie würden sicher die Dauer eines Mondes hier im Wald unterwegs sein müssen. Später, auf den guten römischen Straßen im Süden, würden sie dann um ein vielfaches schneller vorwärts kommen. Als die Dämmerung am ersten Abend hereinbrach suchten sie sich eine Lichtung im Wald.

Karl spannte das Pferd aus, stieß einen der Speere in den Boden und band das Pferd mit einer langen Leine daran fest. Einer der Männer brachte Feuerholz und Karl holte von einem nahen Bach ein paar Steine, um das Feuer einzuschließen. „Gerhard, bringst du die Tasche mit dem Essen." rief Karl dem dritten der Männer zu. Der nickte, holte die Tasche vom Wagen und brachte sie zum Feuer. Die drei Männer setzten sich zusammen an das Feuer. Ein großes Stück Fleisch und ein Schlauch mit Bier gingen von Mann zu Mann. Ein jeder schnitt sich mit seinem Dolch ein Stück Fleisch ab und nahm einen Schluck von dem Bier.

Auch hier am Feuer fiel kein Wort. Worüber hätten sie auch reden sollen? Alles war doch klar. Ein knurren, ein nicken, mehr brauchten die Männer nicht, um sich zu verständigen. Gerhart brachte die Tasche zurück zum Wagen und holte zwei Decken. Er reichte eine an den anderen Mann und wickelte sich in die zweite Decke. Karl nahm einen der Speere und ging über die Lichtung. Im Schein des Vollmondes hielt er Wache. Er stützte sich auf den Speer und lauschte in die Nacht. Die wilden Tiere würde das Feuer abhalten, nur die Feinde würde das Feuer anlocken und dafür musste er die Ohren aufhalten.

Von Zeit zu Zeit legte er Holz nach, eine Weile später weckte er Gerhard und gab ihm den Speer. Er selbst wickelte sich in die Decke und setzte sich ans Feuer. Es war noch ganz schön kalt in diesem Frühjahr. Er schloss die Augen und schlief im sitzen ein. Ein Geräusch ließ ihn aufmerksam werden. Unter der Decke tastete seine Hand zum Griff des Schwertes. Aufstehen, das Schwert ziehen und zuschlagen war nur eine Bewegung gewesen.

Der fremde Angreifer stürzte mit einem gurgelnden Laut nach hinten um. Karl hatte den Angreifer am Hals getroffen. Im Mondlicht sah er fünf weitere Gestalten. „Gerhard." schrie er und dieser warf die

Decke ab. Ohne einen Gedanken zu brauchen hatte auch Gerhard im aufstehen einen der fremden Männer getötet. Rücken an Rücken standen die beiden Männer den vier Angreifern gegenüber. Zwei gegen einen, oder Vier gegen Zwei..

Jetzt, da sie beide wach waren, wichen die Angreifer zurück. Mit hoch erhobenem Schwert stürzte Karl nach vorn. Zwei Schläge später stand es nur noch Zwei gegen Zwei. Die beiden restlichen Angreifer flohen in die Dunkelheit der Nacht. Karl ging zum Wagen und fand dort seinen zweiten Freund. Er war Tod. Die Angreifer mussten ihn überrascht haben. Der Griff eines Dolches ragte aus seinem Rücken. Gerhard hatte inzwischen die Waffen der Angreifer eingesammelt und auf den Wagen geworfen. Er trat zu Karl und sah auf den toten Freund herunter.

„Wir müssen los." sagte Karl und holte das Pferd. Nachdem er es angespannt hatte verließen sie in der Morgendämmerung diese Lichtung des Todes. Die getöteten Männer ließen sie einfach dort zurück.

3. Kapitel

Aufbruch nach Rom

In der Ferne sahen die beiden Männer den Grenzwall aus Holzpfählen. Schnurgerade ging der Weg auf eines der Tore zu. Hinter diesem Wall begann das römische Reich. Dort waren die Zivilisation, Badehäuser, Straßen und warme Häuser. Hier auf dieser Seite war Wildnis, Nebel und fast undurchdringlicher Wald.

Karl trat an der Waldkante heraus, auf den gerodeten Bereich zwischen Wall und finsteren Wald. Zusammen mit Gerhard führte er das Pferd auf den Eingang zu. Etwa zehn römische Soldaten standen verfroren, in ihre dicken Mäntel gewickelt, vor dem Tor an einem Feuer. Als sie den Wagen bemerkten kamen ein paar der Soldaten auf die Zwei zu.

Karl stoppte den Karren direkt vor dem Tor und trat zu einem der Soldaten. „Wir sind Händler und auf dem Weg nach Rom." sagte er in einer klarer Sprache, so dass der Soldat erstaunt auf den Mann sah. Die meisten der Barbaren konnten sich nicht verständlich machen, aber dieser hier war anders. Die Soldaten begannen den Karren zu untersuchen.

Der Anführer der Wache sah den Gladius an der Seite Karls. Diese Waffe war nicht die eines einfachen Legionärs, sondern eines Offiziers, zu kostbar war der Griff gestaltet. Er trat an Karl heran und zeigte auf das kostbare Schwert. „Ja, ich habe zehn Jahre in der römischen Armee gedient. Ich war Offizier in der Legion. Nun bin ich Händler zwischen eurer und unserer Welt." sagte Karl und der Soldat nickte. Er kannte viele, die nach der Zeit in der Armee entweder als

Bürger Roms lebten oder wieder in ihre Heimat gingen und von dort aus Handel mit kostbaren Waren trieben.

Karl griff in den Wagen und zog die erbeuteten Waffen der Feinde heraus „Wollt ihr nicht ein paar Trophäen haben, die ihr später euren Kindern und Frauen zeigen könnt?" er kannte die Soldaten nur zu gut und wusste, dass diese sich so ein Geschäft nicht entgehen lassen würden. Anstatt Zoll zu zahlen wechselten nur die Waffen den Besitzer und damit hatte Karl einen Teil seiner Waren gespart, den er als Zoll zum passieren des Tores eingerechnet hatte.

Die Legionäre gaben den Weg frei und der Karren setzte sich wieder in Bewegung. Die Soldaten traten wieder an das Feuer zurück und die beiden Männer betraten die beschauliche Siedlung, die hinter dem Tor lag. Der erste Weg führte sie in eine kleine Herberge. Auch Gerhard hatte in der Armee gekämpft, wenn auch nicht als Offizier, sondern als einfacher Legionär in der Einheit Karls. Dort waren sie beide Freunde geworden, und da sie aus derselben Gegend kamen, waren sie nach der Zeit in der Legion zusammen geblieben.

Der Wirt in der Herberge war nicht sehr begeistert, als er die beiden wild aussehenden Barbaren vor sich stehen sah. Als Karl ihm aber die Münzen auf den Tisch legte besserte sich seine Miene augenblicklich und er brachte sie zu seinen besten Zimmern. Nachdem sie ihre Ware untergestellt hatten gingen sie zum Badehaus hinüber. Wie in jeder guten römischen Siedlung gab es das auch hier. Karl ließ sich rasieren und die Haare zurecht stutzen und auch Gerhard tat es ihm nach. Als sie sich ein paar Minuten später in das große Becken setzten, war von dem wilden Aussehen nur der muskulöse Oberkörper der beiden Männer übrig geblieben.

Der Wirt hätte sie am Abend fast nicht wieder erkannt und setzte sich zu ihnen an den Tisch. Ein paar Sklaven brachten Speisen und Getränke. Lange unterhielt sich der Wirt mit den beiden Männern. Es war immer gut hier an der Grenze über beide Seiten Bescheid zu wissen. Karl erfuhr so, was in Rom los war und der Wirt, wie es im Wald zuging. Auf seinem Zimmer war Karl dann froh nach all der Zeit wieder in einem richtigen Bett zu schlafen. Es dauerte nicht lange bis er schnarchte.

Die Sonne weckte ihn am nächsten Morgen ziemlich früh auf. Als er in den Wirtsraum kam, saß Gerhard schon mit dem Wirt an einem Tisch, fast genauso wie der Abend davor geendet hatte. Sie winkten Karl dazu und noch bevor er saß hatte er schon Brot und gebratenes Fleisch vor sich gestellt bekommen. Sie mussten sich für den langen Weg, der nun folgen würde, stärken. Sie hatten schon nicht mehr die alten Sachen an, die sie im Wald getragen hatten, sondern trugen nun römische Sachen, die sie immer mit auf dem Wagen hatte. Hier an der Grenze endete nicht nur ihre Heimat, hier endete auch eine Welt. Eine andere Welt begann und das zeigten sie auch nach außen durch ihr neues Erscheinungsbild.

Sie verabschiedeten sich von dem Wirt, doch der wollte ihnen noch beim verladen der Waren auf den Karren helfen. Normalerweise ließ er so etwas von seinen Sklaven machen, aber diesmal war es etwas anderes. Er hatte sich mit den Zweien befreundet und Freunde halfen einander. Zum Dank schenkte ihm Karl einen Dolch, den er den Angreifern im Wald abgenommen hatte. Der Wirt bedankte sich und mit einem Handschlag verabschiedeten sich die drei Männer von einander. Der Karren setzte sich wieder in Bewegung und der Wirt schaute noch eine Weile hinterher, bis es ihm vor der Tür zu kalt geworden war.

Nun, da sie auf der Straße fuhren, kamen sie viel schneller voran, so wie Karl es geplant hatte. Immer auf der Entfernung einer Tagesreise lagen die Herbergen. Die beiden Männer machten dort aber nur zum Essen Station. Sie wollten ihre kostbaren Münzen nicht für die Übernachtungen ausgeben, wo sie doch auch im Wald neben den Herbergen gut schlafen konnten. Immer einer schlief auf dem Karren und der andere hielt Wache. Auch wenn sie jetzt in der „Zivilisation" waren hieß das noch lange nicht, dass sie hier sicher vor Überfällen waren. Genaugenommen war es sogar gefährlicher geworden, denn nun hatten sie nicht mehr das wilde abschreckende Aussehen der Barbaren, sondern das Auftreten von römischen Händlern und bei denen war immer was zu holen.

Die Schwerter blieben nun immer griffbereit an ihrer Seite, auch wenn sie schliefen hatten sie immer ein Auge offen, um sich im Notfall zu wehren. Noch immer zogen sie durch den Wald, nur dass es jetzt eine breite Straße gab, auf der sie sich vorwärts bewegen konnten. Immer weiter der Mittagssonne entgegen.

4. Kapitel

Auf schmalen Pfaden

Immer weiter kamen sie nach Süden und ein gewaltiger Bergrücken tat sich vor ihnen auf. Die Straße wurde immer unebener und bald waren sie in einem hügeligen Vorland angekommen. Als sie auf einem der Hügel standen, sahen sie die Felsen dahinter. Sie waren so hoch und steil, dass auf ihnen oben kein Baum Halt finden konnte. Karl stützte sich mit der Hand auf den Karren und sah zu den Gipfeln hinauf.

„Wir sollten heute am Fuße der Berge rasten und erst morgen bei Tagesanbruch mit dem Aufstieg beginnen. Nicht das uns die Dämmerung am Berg erwischt." sagte Karl und sein Freund nickte. „Da unten ist ein kleiner Bach." sagte Gerhard und zog mit dem Pferd zu der Wiese neben dem Bach. Ein kleiner etwa mannshoher Stein war neben dem Bach und Karl schob den Wagen mit der Rückseite an diesen Stein heran. Er spannte das Pferd aus und brachte es zu dem Bach.

Während das Pferd trank schaute Karl den Berg hoch. Hatten sie sich zu viel vorgenommen? War es das Risiko wert? Wenn sie die Waren an der Grenzstation getauscht hätte, dann wären sie jetzt schon fast wieder zu Hause gewesen. Er machte eine Bewegung mit der Hand durch die Luft und schnitt damit die unnützen Gedanken ab. Sie waren nun schon so weit gekommen, viel zu weit als das sie einfach umkehren wollten. Er führte das Pferd auf die Wiese zurück.

„Das ist alles." sagte Gerhard und zeigte auf ein kleines Häufchen Brennholz. Karl sah sich um. Hier gab es wirklich nicht mehr viel Holz. Ein paar kleine Sträucher, die vermutlich mehr qualmten, als das sie für ein Feuer sorgen würden. Aber durch die offene Gegend konnte sich auch niemand so leicht an sie heran schleichen. Karl nickte und sagte „Ich übernehme die erste Wache." Dann bereitete er ein paar Fackeln vor, die er neben das Feuer legte für den Fall, dass sie diese in der Nacht brauchen würden.

Gerhard wickelte sich in die Decke und schlief auf dem Karren sofort ein. Die Dunkelheit kam hier sehr schnell. Gerade war es noch Tag und nur wenig später konnte man die Hand nicht mehr vor Augen sehen. Der Himmel direkt über ihm war noch hell. Karl horchte in die Dunkelheit. Das Pferd in der Nähe des Feuers war vielleicht ein Risiko für die Menschen, doch er vertraute den Augen und der Nase des Tieres.

Immer wieder schaute er in Richtung des Pferdes, ohne es wirklich zu sehen, doch so hörte er, ob das Tier ruhig da stand oder aufgeregt hin und her lief. Im Moment hörte er ein Schnauben, dann ein wiehern. Er stand auf und griff Gerhard an die Schulter. Das Pferd wurde immer aufgeregter. Da musste ein Tier in der Nähe sein, vor dem das Pferd Angst hatte. Vielleicht ein hungriger Wolf? Karl zog das Schwert und trat an das Pferd. Er legte die Hand auf die Nase des Tieres. So beruhigte er es und wusste zugleich in welche Richtung das Pferd schaute.

Gerhard hatte in der Zwischenzeit eine der Fackeln entzündet und kam auf Karl zu. Unbeabsichtigt schob er sich genau zwischen das Pferd und das andere Tier. Karl rief nach ihm und als sich Gerhard ihm zuwendete sah Karl, wie sich ein großes Tier hinter dem Freund aufrichtete. Er konnte nur die Umrisse und die glänzenden Augen sehen. „Lass dich fallen." schrie er und rannte auf den Freund zu. Gerhard zögerte einen Augenblick zu lang. Die Tatze des Bären traf ihn im Rücken kurz bevor Karl bei ihm war. Gerhard kippte nach vorn um und ließ die Fackel fallen.

Karl griff die vor ihm liegende Fackel und schlug mit Schwert und Fackel nach dem Bären. Es war ein sehr großes und vermutlich ausgehungertes Tier. Fast so groß wie Karl. Immer wieder musste Karl unter den Tatzen des Bären hinweg tauchen. Es dauerte unendlich lange, bevor Karl dem Bären das Schwert in die Brust stoßen konnte und doch waren es sicher nur wenige Augenblicke des Kampfes gewesen. Der Bär fiel auf Gerhard, der immer noch am Boden lag.

Karl zog seinen Freund unter dem Bären hervor und trug ihn zum Feuer. Die Wunde am Rücken war sehr tief und blutete stark. Karl verband die Wunde und legte den Freund auf den Karren, dann ging er zu dem Bären. Er zog ihm schnell das Fell ab und legte es neben dem Feuer zum trocknen aus. Der Mann ging das Pferd beruhigen und schnitt sich danach ein paar große Stücke Fleisch aus dem Bären heraus. Dann packte er sie in einen Beutel und verstaute ihn ebenfalls auf dem Wagen.

Endlich brach der Morgen an, der Himmel über ihm wurde wieder heller und er schaute nach seinem Freund. Gerhard ging es nicht gut, aber er lebte noch. Karl legte das Bärenfell auf den Wagen, spannte das Pferd vor und zog die Straße den Berg hinauf. Der Weg wurde immer schmaler und schon bald konnte der Wagen gerade so noch fahren. Immer wieder hielt er an und schaute nach dem Freund. Gegen Mittag hatte er den Pass erreicht und fuhr auf der anderen Seite des Berges wieder hinunter.

Auch auf dieser Seite war der Weg ziemlich steil und Karl kam es so vor, als ob sich der Weg hier schlechter fahren ließ, als auf der anderen Seite. Das Pferd hatte schwer zu tun, sich gegen den auf es drückenden Wagen festzuhalten. Das Gewicht des Wagens war nun durch den Freund viel größer geworden und auf dem Abstieg konnte sich Karl nicht um Gerhard kümmern, er hörte ihn nur von hinten stöhnen, wenn der Wagen über einen großen Stein fuhr. Aber damit wusste er auch, dass der Freund noch lebte.

Am Ende des Weges, unten im Tal, war eine Taverne und dort konnte Karl einen Medicus rufen, der sich die tiefe Wunde an Gerhards Rücken ansehen konnte. Die Verletzung war aber so tief, dass er nur den Kopf schüttelte. Er gab ihm nur etwas gegen die Schmerzen, aber Gerhard hatte schon so viel Blut verloren, das er kaum noch bei Bewusstsein war. Karl blieb am Bett des Freundes und in dieser Nacht starb Gerhard in der kleinen Taverne. Am nächsten Morgen brach Karl alleine mit dem Wagen auf.

5. Kapitel

Alte Freunde

Der Wagen holperte über das grobe Pflaster der Steine. Hier im Gebirge war die Straße nicht so sorgfältig gebaut wie unten in Rom, oder zwischen den großen Städten der Ebene. Entsprechend langsam kam Karl voran. Er konnte nicht riskieren, dass ihm ein Rad zerbrach, also nahm er sich Zeit. Gegen Abend erreichte er eine Herberge und bezog darin sein Quartier für eine Nacht. Nachdem er seine Waren in der Scheune verschlossen, sowie das Pferd versorgt hatte, fiel Karl ins Bett und schlief ohne Essen sofort ein. Den Weg alleine zu bewältigen war sehr beschwerlich gewesen und er wusste noch nicht, wie er ohne den Freund noch weiter kommen sollte.

Als er am nächsten Morgen sein Pferd anspannen wollte, hörte er eine Stimme hinter sich „Hallo Carlus Pontius Clajus. Wohin des Weges?" Karl fuhr herum. So hatte ihn schon seit Jahren niemand mehr genannt. Vor ihm stand, mit einem breiten Lächeln, ein kleiner bärtiger Mann. Er musste die Frage in Karls Augen gesehen haben, denn er stellte sich selbst vor „Ich bin Neverinus, dein alter Freund aus der Armee." Erst jetzt erkannte Karl den Mann, der Bart hatte ihn so unkenntlich gemacht. Er gab dem Freund die Hand.

„Ich bin auf dem Weg nach Rom, um Handel zu treiben." sagte Karl „Und du? Was machst du so? Du bist doch nicht mehr in der Armee? Oder?" „Nein, schon ein paar Jahre nicht mehr." antwortete Neverinus „Ich habe jetzt eine Gladiatorenschule, einen Ludus, und bin auf dem Weg in die nächste Stadt. Dort soll am nächsten Sonntag ein großer Kampf zu Ehren einer Hochzeit stattfinden." „Du lebst also immer noch vom Kampf. Nur dass jetzt andere für dich kämpfen." erwiderte Karl und sein Freund nickte. „Möchtest du mal meine

Gladiatoren sehen? Sie werden in ein paar Augenblicken mit den Übungen anfangen." „Gern." sagte Karl und die beiden Freunde gingen den kurzen Weg bis zu einem abgeschlossenen Hof.

Zehn Gladiatoren standen, immer zu zweit, auf dem Platz und übten mit Holzschwertern das gegeneinander Kämpfen. Obwohl die Schwerter nicht scharf und die Lanzen vorn mit Holz stumpf gemacht worden waren, behielt so mancher Kämpfer einen blauen Fleck von den harten Schlägen zurück. Die Gladiatoren schonten sich nicht und schlugen mit aller Härte zu. Das Geräusch der Schwerter, die auf die Schilde trafen, hallte im Rund des Hofes wieder und erinnerte Karl an seine Zeit in der Legion. Hier kämpften fünf verschiedene Gladiatorenarten gegeneinander.

Karl sah einen Retiarius, der mit seinem Wurfnetz und Dreizack versuchte einen Secutor zu fangen. Der Retiarius war sehr geschickt und es gelang ihm sehr oft, hier im Training ließ er den anderen immer wieder frei, im Kampf in der Arena würde der andere nicht so viel Glück haben. Da kam es auf die Gunst des Publikums an, ob der unterlegene Gladiator überlebte oder nicht. Karl sah auch einen Hoplomachus der mit seiner Lanze gegen einen Murmillo vorging. Die meisten der Kämpfer waren Murmillos die gegen ein paar Thraex kämpften.

„Deine Gladiatoren sind gut." sagte Karl „Sind das alles Sklaven?" „Nein, nur drei sind Sklaven, die anderen kämpfen für mich und sind aber freie Männer. Einige haben in der Legion gedient und wussten nicht, was sie außer Kämpfen noch so machen sollten." antwortet ihm sein Freund. „Sie verdienen gut und haben ein hohes Ansehen. Besonders bei den Frauen. Wenn du verstehst was ich meine." erklärte Neverinus mit einem Augenzwinkern.

„Ist das Risiko denn nicht sehr hoch für die Gladiatoren?" fragte Karl weiter. Sein Freund schüttelte den Kopf. „Die sind gut ausgebildet, trainiert und nur ganz selten stirbt einer in der Arena. Wenn er eine gute Schau abgeliefert hat, wird ein Gladiator selten getötet. Nur wenn er sehr schlecht gekämpft hat ist es für ihn aus, aber solche Männer nehme ich erst gar nicht mit. Das Publikum entscheidet und die wollen den Kampf sehen, nur selten das Blut. Es ist wie eine Art von Sport." Er klatschte in die Hände, alle stellten die Übungen ein und kamen zu ihm herüber. Er stellte sich vor seine Männer und lobte sie für den Einsatz. Von der Seite kam ein Medicus und schaute sich die blauen Flecken der Männer an, aber er nickte nur, alles war nicht so schlimm gewesen.

Von der anderen Seite des Hofes wurde das Essen hereingetragen und die Gladiatoren setzten sich an den Rand. Es gab reichlich Bohnen und die Männer langten nach der harten Übung kräftig zu. Karl merkte, dass er in dem Moment auch Hunger bekam und seinem Freund schien es nicht anders zu gehen. Der Duft des fischen Brotes und der Suppe ließ den beiden Zuschauern das Wasser im Munde zusammenlaufen. „Komm ich lade dich zum Essen in die Taverne ein." sagte Karl zu seinem Freund, der dies dankbar annahm.

Während des Essens bot der Freund Karl an ihn zu begleiten, da er nach dem Essen mit seinen Gladiatoren aufbrechen wollte, was Karl dankbar annahm. So eine Gruppe kräftige und fast vollständig bewaffnete Gladiatoren, bis auf die Sklaven durften ja alle Waffen tragen, war ein guter Schutz für seine Waren. Als sie aus der Taverne traten fuhr ein geschlossener Wagen, gezogen von zwei Pferden vor. „Darin sind die Waffen, die Ausrüstung, die Verpflegung und das medizinische Gerät für meine Gladiatoren." sagte Neverinus „Und der Kutscher ist gleichzeitig Koch, Masseur und Medicus." schloss er den Satz. Karl holte seinen Wagen und stellte ihn hinter den anderen.

Die Gladiatoren traten hinter seinen Wagen und beschlossen zu Fuß den Zug.

Langsam setzte sich die Gruppe in Bewegung und Neverinus setzte sich zu Karl auf desen Wagen. So konnten sie sich noch eine Weile über ihre Zeit in der Legion unterhalten. Karl war von vier Jahren nach einer schweren Verletzung ausgeschieden. Neverinus erst vor zwei Jahren, nachdem seine Zeit um war. Sie unterhielten sich über alte Freunde und deren Schicksal und die Zeit verging wie im Fluge. Schon bald konnten sie die kleine Stadt vor sich sehen. Die als nächstes Ziel für sie vorgesehen war, und in der sie die Nacht verbringen würden. Es war noch nicht die Stadt, in der der Kampf stattfinden würde und wenn alles klappte konnten sie am nächsten Tag weiter zusammen in Richtung Süden fahren.

6. Kapitel

Die nubische Sklavin

Der Sklave eilte durch die Halle. Fast hätte er in seiner Eile einen Tisch umgerissen. Endlich war er an der Tür angelangt. Er klopfte und trat ein „Herrin, schnell kommt." rief er aus, noch völlig außer Atem. Die Frau schaute von der Liege auf, auf der sie saß. „Was ist?" fragte sie ärgerlich über diese Störung. „Der Herr, er stirbt." antwortete der Sklave. Die Frau legte Spiegel und Kamm zur Seite und stand auf. Der Mann lief los und sie folgte ihm.

Durch die Halle, an den kleinen Innenhöfen vorbei, lief sie zu den Gemächern ihres Mannes. Sie stieß die Tür auf und sah ihn nackt auf einer Liege. Er lag auf dem Rücken und japste nach Luft. Eine dunkelhäutige Sklavin stand nur ein paar Schritten neben ihm. Auch sie war nackt. Die Herrin beugte sich über ihren Mann, dann schaute sie die Sklavin mit zornigen Augen an.

„Schnell den Medicus. Und holt mir Severinus Lupus." rief sie zu einem der Sklaven, die in der offenen Tür standen. Der Sklave eilte davon. Sie sah die Sklavin an. „Wer bist du und was ist hier passiert?" fragte sie mit einem drohenden Unterton. „Mein Name ist Amara. Der Herr hatte mich mit einer Amphore Wein zu sich bestellt. Er hat den Wein ausgetrunken, dann hat er sich entkleidet und mir das Kleid zerrissen. Danach ist er auf die Liege gefallen." stammelte die Sklavin. Sie versuchte mit den Armen ihre Blöße zu bedecken.

Amara war gerade einmal 22 Sommer alt. Sie richtete den Blick zu Boden, ihre langen schwarzen Haare fielen nach vorn, über ihre Schultern und berührten ihren Bauch. „Lüg mich nicht an." schrie die

Herrin sie an. „Ich sehe doch was hier passiert ist!" „Ich lüge sie nicht an, Herrin. Ich habe den Herren nicht einmal berührt." erwiderte Amara zaghaft, doch diese Erwiderung machte es nur noch schlimmer. Der Medicus kam ins Zimmer und untersuchte den schwer atmenden Mann auf der Liege. „Es ist das Herz. Die Aufregung war wohl zu viel für ihn." Dabei sah er auf die noch immer nackte Sklavin, die vor ihm an einer Säule stand.

„Ich gebe ihm eine Medizin und er muss sich schonen." sagte der Medicus abschließend, bevor er eine Flasche mit einer Flüssigkeit aus seiner Tasche zog und sie dem liegenden Mann einflößte. „Ist Severinus Lupus endlich da?" schrie die Herrin nach draußen. „Ja." antwortete einer der Sklaven. „Dann schickt ihn rein!" sagte die Herrin und wendete sich wieder ihrem Mann zu. Ein kleiner Mann kam, mit watschelndem Gang, in das Zimmer. „Hallo Claudia, ihr habt mich gerufen?" begann er. „Ja. Diese Sklavin da. Sie ist dein." antwortet die Frau und zeigte auf Amara.

Der Mann umkreiste die Sklavin. Ihre dunkle Haut und ihr schwarzes Haar schienen ihm sehr zu gefallen. Er strich mit der Hand über ihren Rücken und den Bauch. Er zog ihr die Hände weg, mit denen sie immer noch ihre Blöße bedeckte, und kontrollierte auch den Rest der Sklavin. Amara schaute ihn an. Der Mann war mehr als einen Kopf kleiner als sie. Er hatte einen stoppeligen Bart und schiefe Zähne. Severinus sah ihr in die Augen und bemerkte das Blitzen darin, dass ihm noch mehr gefiel. „Was wollt ihr für sie?" fragte er Claudia, die immer noch mit ihrem Mann beschäftigt war. „Sie gehört euch. Versprecht mir nur, sie ordentlich zu bestrafen." antwortet sie, ohne zu der Sklavin zu sehen.

Severinus Lupus zog Amaras Hände nach hinten und band ihr mit einem Strick die Handgelenke hinter dem Rücken zusammen. Er nahm das Kleid, das immer noch vor den Füßen der Sklavin lag, und schob Amara nackt aus dem Zimmer heraus. Die Beiden verließen das Haus und Amara musste weiter nackt bleiben. Er trug eine Fackel, die den gepflasterten Weg vor ihr nur spärlich beleuchtete. Das Haus von Severinus Lupus lag nicht weit entfernt. Es grenzte fast an den Garten der Villa. Schon nach wenigen Schritten waren sie da. Er brachte Amara in ein flaches Gebäude mit kleinen, vergitterten Fenstern. Sie gingen, nun gefolgt von zwei weiteren Männern, einen dunklen Gang entlang, an dessen Ende Amara eine offene Tür sah.

Mit einem Stoß in den Rücken wurde sie unsanft in das Zimmer gebracht. In diesem Raum war nur ein Stuhl, sonst nichts. Ein kleines vergittertes Fenster war unter der Decke zu sehen. Einer der Männer machte die Hände der Frau los. Sie fuhr herum und versuchte nun wieder ihre Blöße zu verdecken. Severinus Lupus schlug ihr mit der flachen Hand ins Gesicht, so dass sie stürzte und nach hinten fiel. Er zog sie wieder hoch und sie hielt sich die schmerzende Wange. Sie versuchte sich gegen seinen Griff zu wehren, doch er schlug sie erneut zu Boden. Dann zog er sie wieder auf die Füße. Einer der Männer zwang sie nun auf die Knie, indem er ihr auf die Schultern drückte. Widerwillig ließ sie es geschehen.

Severinus Lupus schob den Stuhl vor sie hin und der dritte Mann zog sie nach vorn, so dass sie nun mit dem Bauch über dem Stuhl lag. Severinus band ihr die Beine und Arme mit Stricken an den Stuhlbeinen fest. Die drei Männer standen auf und zwei von ihnen verließen den Raum. „Ich habe deiner Herrin versprochen, dich zu bestrafen und bei Jupiter, das werde ich auch tun." sagte Severinus Lupus, dann lachte er laut und höhnisch. Danach verließ er den Raum. Es wurde dunkel und die Tür fiel ins Schloss. Amara kniete festgebunden in dem Zimmer. „Wie würde er sie bestrafen?" fragte sie sich im Gedanken. Sie war mal dabei gewesen, wie einer der Sklaven ausgepeitscht wurde, als er einen wertvollen Krug hatte fallen lassen. Damals war auch er so an den Stuhl gebunden worden, wie jetzt sie.

Sie starrte in der Dunkelheit zu Boden. Vermutlich würde der Mann nun die Peitsche holen und sie bestrafen. Sie konnte nur warten und sich in ihren Gedanken die schlimmsten Dinge ausmalen. Aber vielleicht war dies ja auch schon ein Teil der Strafe. Sie hörte Schritte im Gang und die Tür wurde wieder geöffnet. Licht fiel auf sie. Sicher würde er gleich zuschlagen. Amara biss die Zähne zusammen, wartete und nichts passierte. Vermutlich ergötzte er sich gerade an ihrer hilflosen Lage. Er stand einfach nur hinter ihr. Sie hörte sein Atmen und das rascheln von Stoff.

Sie konnte nur nach hinten sehen und sie sah seine Füße direkt hinter ihr stehen. „Warum schlug er nicht zu" fragte sie sich immer noch, als er sich hinter sie kniete. Amara schrie auf, als er sie mit Gewalt nahm. Sie hörte ihn keuchen und stöhnen. Als er fertig war stand er auf und verließ den Raum. Wut, Scham, Abscheu und Widerwillen lösten sich in Amaras Gedanken ab. Sie kniete in der Dunkelheit und spürte, wie ihr eigenes Blut den Oberschenkel herunter lief.

Es wurde Morgen und von oben fielen die ersten Sonnenstrahlen auf die Frau in der Zelle. Als die Tür geöffnet wurde zuckte sie zusammen. Noch drei Mal war Severinus Lupus in dieser Nacht bei ihr gewesen und hatte sich an ihr vergangen. Sollte das jetzt am Tag so weiter gehen? Sie sah nach hinten und erkannte die Füße einer Frau. Diese stellte einen Bottich sowie einen Krug neben Amara und band sie los. „Wasch dich und zieh dich an." sagte die fremde Frau und Amara versuchte sich aufzurichten. Es dauerte eine Weile, bis sie wieder Gefühl in den Händen und Beinen hatte. Sie stellte den Bottich auf den Stuhl und goss das Wasser hinein. Sie wusch sich das

Blut vom Körper und zog sich wieder an. Als sie fertig war kam die Frau zurück und holte den Bottich wieder ab.

Nach ihr kam Severinus Lupus mit den anderen zwei Männern in die Zelle. „Hast du eine angenehme Nacht gehabt?" fragte er höhnisch. Die Männer lachten und steckten Amara in ein metallenes Gestell, das sie um ihren Hals befestigten und an dem sie auch ihre Hände fest machten. „Ich bringe dich zum Markt und werde dich dort verkaufen." sagte Severinus „Du bringst mir bestimmt eine schöne Summe Geld ein." Er machte ein Zeichen und die zwei Männer zogen Amara aus der Zelle, zerrten sie auf den Hof und warfen sie in einen geschlossenen Karren, in dem schon andere Sklaven auf ihren Abtransport warteten.

Amara wollte sich setzen, doch der Schmerz durchzuckte ihren Körper. Die Tür wurde verschlossen, zuckelnd und rüttelnd setzte sich das Gefährt in Bewegung. Die Frau drückte ihren Rücken gegen die Wand und versuchte so mit ihrem Hintern eine Handbreit über dem Boden des Wagens zu bleiben.

7. Kapitel

Das Gewimmel der Stadt

Der Wagen zuckelte seit einer ewigen Zeit über die Straße. Amara hatte jedes Zeitgefühl verloren. Es war dunkel, stickig und es stank hier in diesem Wagen. Sie saßen zusammengepfercht hier drin. Ab und zu wurde die Tür hinten geöffnet, um etwas altes Brot oder stinkendes Wasser herein zu reichen. Sie hatte sich dabei einmal umgeschaut und etwa zwanzig Personen gezählt, die mit ihr zusammen hier drin waren. Alle hatten diese Metallgestelle um, die ihre Hände fesselten und mit denen sie sich nicht einmal an der Nase kratzen konnten.

Wenn sie essen wollten, so mussten sie sich gegenseitig füttern, da die Gestelle auch das Essen und Trinken nicht zuließen. Anhand der Essensgabe hatte Amara etwa eine Woche geschätzt, es konnte aber auch leicht mehr oder weniger gewesen sein. Da sie hier nicht raus konnten und auch sicher nicht raus gelassen worden wären, wenn sie gefragt hätten, mussten sie auch ihre Notdurft in dem Wagen verrichten. Da es draußen immer wärmer wurde, und in dem Wagen damit natürlich auch, stank es so abscheulich, dass sie sich sicher übergeben hätte, wenn sie noch etwas im Magen gehabt hätte. Mit der Zeit hatte sich der Gestank gelegt, nicht das er weniger geworden wäre, man hatte sich nur daran gewöhnt.

Wieder einmal wurde die Tür aufgerissen, doch, statt Wasser und Brot herein zu reichen, wurde ein Sklave nach dem anderen aus dem Wagen gezerrt. Offensichtlich waren sie da. Einzeln wurden sie von den Männern in einen Schuppen gebracht. Die Sonne blendete nach all der Zeit in der Dunkelheit so stark, dass Amara die schmerzenden Augen schließen und sich führen lassen musste. Erst im Halbdunkel der Scheune öffnete sie wieder die Augen. Hier roch es zwar auch etwas komisch, aber im Vergleich zu dem Gestank im Wagen war es fast ein Wohlgeruch. Sie sah sich die anderen Sklaven an. In dieser Scheune waren sie nun etwa vierzig. Männer, Frauen und halbwüchsige Kinder. Alte und junge, große und kleine. Auch verschiedene Hautfarben sah sie.

Die metallenen Kragen wurden ihnen abgenommen und ein paar Frauen brachten Krüge mit Wasser herein. An einer der Wände stand ein gemauerter Trog, wie eine Art Viehtränke. Dorthin stellten sie das Wasser. Severinus Lupus kam in den Raum und schrie sie alle an „Wascht euch. Ihr seht ja furchtbar aus." Dann verließ er den Raum wieder. Die ersten Sklaven gingen zu dem Trog und legten ihre Kleidung ab. Die Frauen hatten an der Seite auch neue Kleidung bereit gelegt. Amara zögerte einen Moment, sollte sie sich hier vor all den anderen ausziehen? Aber die anderen Frauen taten es auch und so folgte sie der Anweisung des Sklavenhändlers.

Sie wusch sich sorgfältig und zog ein neues Kleid an. Als alle fertig waren kamen die Frauen wieder, holten die dreckigen Sachen und die Krüge und verschwanden. Severinus kam mit ein paar seiner Leute in den Stall und legte jedem Sklaven einen Halsreif um, der ihn zu seinem Eigentum erklärte. Jede Flucht würde nun zum sofortigen Tod führen. Geflüchtete Sklaven wurden meist gekreuzigt und zur Mahnung solange irgendwo hängen gelassen, bis ihre Knochen verfielen. Auch Amara trug nun so ein Halsband. Severinus sah das Funkeln in ihren Augen, als er es ihr umlegte. Dann verließen die Männer die Scheune und die Sklaven warteten auf das, was nun kommen würde.

Von der anderen Seite näherte sich Karl mit seiner Warenladung der Stadt. Er saß alleine auf dem Karren und ließ die beiden müden Esel einfach trotten. Diese Straße war genauso wie jede andere römische Straße auch. Es passten genau zwei Wagen oder acht Männer nebeneinander. Seit Gerhards Tod und seit die Gladiatoren in der anderen Stadt geblieben waren zog er alleine durch das Land. Den Eselskarren hatte er mit Absicht gewählt. So konnte er als Bauer gelten und der wäre sicher kein lohnendes Ziel für einen Räuber gewesen.

Aufpassen musste er aber dennoch. Seine flinken Augen nahmen jede Bewegung wahr. Die Gegend war so flach, dass man an den Staubfahnen schon lange vor der Begegnung erkennen konnte, dass da jemand war. An der Seite der Straße waren ein paar kleine Büsche und selten stand mal ein Baum mehr als Mannshoch. Die ersten kleinen Bauernhäuser erschienen an der Seite des Weges und auf einem Hügel sah Karl die weiße Fassade einer herrschaftlichen Villa. Es konnte nicht mehr weit bis zur Stadt sein.

Aus dem Flirren der Hitze über der Straße tauchten die ersten größeren weißen Häuser mit den roten Dächern auf. Eine typische kleine römische Stadt lag direkt in der Ebene vor ihm. Die Esel begannen nun schneller zu laufen. Die Aussicht auf einen Stall, frisches Wasser und etwas zu fressen trieb sie an. Am Rande der Stadt stieg er ab und führte die Esel an den Zügeln. Vor sich sah Karl das Schild einer Taverne und brachte die Esel in den Stall hinein. Nachdem er die Waren abgeladen und mit zwei Sklaven in eine Scheune verstaut hatte, setzte er sich an den Tisch. Der Wirt brachte ihm einen Krug Wein, den er mit einem Zug leerte. Er hielt den leeren Krug wortlos dem Wirt vors Gesicht und der ging ihn wieder füllen.

Nachdem er sich etwas ausgeruht und gestärkt hatte, ging Karl los, um die Esel zu verkaufen. Sie hatten ihn bis hierher gebracht, aber weiter würde er anders reisen. Die beiden Tiere behinderten ihn dabei nur. Er führte sie wieder an den Rand der Stadt zurück und fragte beim ersten Bauerhaus nach, ob sie die Esel haben wollten.

Karl machte einen guten Preis und man wurde sich schnell handelseinig. Ohne Esel, aber mit einigen Kupfermünzen in der Hand, machte er sich wieder auf den Rückweg. Nun hatte er etwas Zeit sich diese Stadt genauer anzusehen.

Kleine saubere Straße, weiße Häuser und dazwischen ein paar schlafende Hunde. Die auf den Grundstücken oder auch auf der Straße in der Sonne lagen und vor sich hin dösten. Er setzte sich auf eine Bank vor der Taverne und schaute dem abendlichen Treiben in der Stadt zu. Wie in allen südländischen Städten kamen erst mit der Kühle des Abends die Menschen aus ihren Häusern.

Wer nicht zu Markt wollte, oder sonst irgendwie gezwungen war in der Hitze des Tages außer Haus zu gehen, der wartete bis die Sonne langsam versank. Die Taverne füllte sich und auch er ging hinein. Es war Zeit für das Essen.

8. Kapitel

Wege und Entscheidungen

Der Mann war nach Tagesanbruch aus der Taverne losgegangen. Von seinem Warenbestand hatte er zwei Beutel mit den seltenen brennenden Steinen genommen, auf die die Römer so wild waren. Noch war nicht viel los auf den Straßen und so kam er gut voran. Als er am Abend die Esel verkauft hatte, hatte er einen kleinen Edelsteinschleifer gesehen und genau dorthin wollte Karl nun mit seinen Steinen gehen. Der Laden war schon auf und ein älterer römischer Bürger, in einem weißen Gewand mit einer goldenen Borte, saß vor dem Laden auf einem Stuhl.

Er schaute Karl mit großen, wachen Augen an, er war sicher ein geschickter Verhandlungspartner und hatte sofort bemerkt, dass hier vielleicht ein gutes Geschäft auf ihn wartete. Er bat den Fremden mit einer Handbewegung neben sich Platz zu nehmen. Dann rief er nach einem Sklaven, der auch sofort aus dem Laden geeilt kam, er bestellte zwei Krüge Wein und nachdem sie gebracht worden waren stieß er mit Karl an auf das vermeintlich gute Geschäft, dass der Fremde versprach.

Karl stellte die beiden Säcke vor seinen Füßen ab, öffnete einen davon und nahm den ersten Stein heraus. Es war ein faustgroßer Brocken, für einen Moment passte der alte Mann nicht auf und ließ seine Begeisterung in den Augen aufblitzen. Schnell hatte er sich wieder im Griff, doch Karl wusste nun, was er zu erwarten hatte. Bisher war noch nicht ein Wort zwischen den Beiden gewechselt worden. Vielleicht dachte auch der alte Mann, dass Karl, der ja durch seine Haarfarbe eindeutig als aus dem Norden kommen erkennbar war, seine Sprache nicht sprechen konnte.

Karl behielt sein wichtigstes Geheimnis, dass er die Sprache verstehen konnte, vorerst für sich. Der alte Mann rief in den Laden hinein und ein jüngerer, ebenfalls sehr kostbar gekleideter, Mann kam heraus. Die beiden tuschelten leise und betrachteten den Stein. Karl konnte jedes Wort verstehen und lauschte, ohne zu zeigen, dass er wusste was sie besprachen. Die Gier nach den Steinen war nun auch in die Augen des jungen Mannes gestiegen und Karl hatte erkannt, dass dieser noch viel lernen musste. Vermutlich war er der Sohn des Alten und sollte schon bald den Laden übernehmen.

Als die beiden Männer die Münzen zur Bezahlung holten spielte Karl seinen Trumpf aus. Er sagte nur „Ich will das Doppelte davon." Die beiden Männer waren so überrascht, dass er sie verstehen konnte, dass sie nach kurzem zögern doch in den Handel einschlugen. Karl zählte sich die 40 goldenen Münzen in seinen Beutel und gab ihnen die beiden Säcke mit den Steinen. Zum Schluss gab er dem alten Mann die Hand und sie waren beide zufrieden mit dem Geschäft. Auf dem Rückweg beschloss Karl, nicht den direkten Weg zur Taverne zu nehmen, sondern noch einen Umweg über den Markt der Stadt zu machen. Er wollte sehen, was es da so gab. Er ging langsam und sah sich mehrmals um, schließlich hatte er eine beträchtliche Summe Münzen dabei.

Die Tür des Stalles wurde aufgerissen und die Sklaven, die sich ins Stroh gesetzt hatten, schreckten hoch. Severinus Lupus ließ Brot und Wasser bringen, dann verschwand er wieder. Alle stürzten sich auf das Brot. Es war sogar richtig gut. Es schmeckte und auch das Wasser war frisch. Amara nahm sich ein Stück von dem Brot und setzte sich in die Ecke, in der sie auch die Nacht über geschlafen hatte. Durch die kleinen Fenster oben an der Wand fiel nur wenig Licht herein. Es reichte gerade mal so, dass man die Umrisse der anderen Sklaven erkennen konnte.

Als sie gerade mit dem Essen fertig waren wurden die Türen wieder aufgerissen. Zehn Männer stürmten bewaffnet in die Scheune herein, scheuchten die Sklaven hoch und an die hintere Wand. Durch die offene Tür kam nun so viele Licht in die Scheune, das Amara wieder die Augen zusammenkneifen musste. Severinus ging an den Sklaven entlang und kontrollieret deren aussehen, schließlich wollte er ja einen guten Preis für sie erzielen. Bei Amara blieb er einen Moment stehen und musterte sie ganz besonders lange. Da er für sie nichts bezahlt hatte, und er mit ihr schon seinen Spaß gehabt hatte, war sie schon jetzt für ihn ein Gewinn und sicher würde er für sie einen sehr guten Preis erhalten.

Die Männer begannen den Sklaven die Hände hinter den Rücken zusammen zu binden und danach alle Sklaven an eine lange Leine zu nehmen. Das vordere Ende der Schnur nahm Severinus in die Hand und zog so sehr daran, dass der erste Sklave hinstürzte. Der Sklavenhändler lachte höhnisch und machte sich auf den Weg, ohne darauf zu warten, dass der junge Mann aufgestanden war. Er schleifte ihn ein Stück mit, bevor der Sklave auf die Beine kam. An der Schnur aufgefädelt und auf beiden Seiten von den Männern bewacht zog er seine zwanzig Sklaven hinter sich her zum nicht weit entfernten Markt. Die anderen blieben in der Scheune.

Hinter einer Holzbühne, die etwa hüfthoch war, gab es einen eingezäunten Bereich. Nur ein Ein- und Ausgang war dort zu sehen und der führte über diese Bühne. Hinter der Absperrung ließ er die Fesseln entfernen und die Sklaven standen nun in dem Gatter, von allen Seiten bewacht. Amara schaute sich um, aber eine Flucht war vollkommen ausgeschlossen. Sie wäre beim ersten Schritt getötet worden, oder an irgendeiner Wegekreuzung an ein Kreuz geschlagen worden. Sie musste sich in ihr Schicksal fügen und betete still zu ihren Göttern, dass die Zukunft gnädig mit ihr sein würde und sie eine gute Anstellung erhalten würde.

Sie dachte noch einmal an die Herrin zurück, die sie zum Verkauf gegeben hatte und daran, wie sie hier her gebracht worden war.

Der Zorn stieg ihr wieder in den Kopf, als sie daran dachte wie sie in der Nacht dem Willen Severinus Lupus hilflos ausgeliefert gewesen war. Amara schaute zur Seite und funkelte ihn an. Sie stellte sich aufrecht hin und wartete auf die Dinge die passieren würden. Die anderen Sklaven überragte sie fast um einen halben Kopf. Die meisten Römer waren kleiner als sie und so schaute sie auf die anderen herab. Sie blieb im hinteren Bereich des Gatters und sah zu, wie die anderen vor ihr, einer nach dem Anderen, auf die Bühne steigen mussten.

9. Kapitel

Auf dem Sklavenmarkt

Karl ging über den Markt der kleinen Stadt mit all diese fremden Gerüche und Menschen. Einige der Händler kannte er noch von früher und auch bei ihnen war er hochangesehen. An einigen Ständen hielt er an und unterhielt sich kurz mit dem einen oder anderen. Eigentlich mochte er mehr die Stille der Wälder und der Wiesen, als das Gewimmel und die Geschwätzigkeit der Stadt.

Doch auch die Stadt hatte so ihre Annehmlichkeiten zu bieten. Wenn er mal in einer Stadt war, so genoss er das warme Badehaus. Das fließende, warme Wasser und die Gespräche darin. Viele Geschäfte wurden schon seit alter Zeit lieber im Badehaus abgeschlossen. Es war einfach für beide Handelspartner angenehmer.

Er kannte diese Stadt noch aus den Zeiten, als er hier in der Legion gedient hatte. Viele seiner ehemaligen Kameraden, wenn sie den Dienst überlebt hatte, waren in den kleinen Städten hier im Süden geblieben, aber er war wieder in seine Heimat zurückgekehrt. Die zehn Jahre, die er hier gelebt hatte, hatten ihm viele Erfahrungen gebracht. Sie hatten ihm aber auch das einfache Leben im Norden schätzen gelernt.

Hier gab es so viele Menschen und wenn er an das kleine Dorf seiner Kindheit, und jetzigen Heimat, zurückdachte, so konnte er nur staunen, wie diese das alle hier miteinander aushielten. Er hatte zwar auch hier gelebt, doch die Regeln in der Armee waren klar definiert und ein jeder hatte sich daran zu halten. Doch hier? Einige vornehme

Frauen gingen über den Markt, gefolgt von Dienerinnen. Ob es Sklaven oder freie Frauen waren, konnte man nicht sofort erkennen.

Das ganze System hier konnte nur durch die Kraft der Sklaven am Leben gehalten werden. Das hatte Karl schon vor vielen Jahren erkannt. Wenn er sich auf den Markt gestellt hätte, um zu rufen „Alle Sklaven mal die Hände hoch." dann wären nur ganz wenige Hände nicht hoch gegangen. Vielleicht nur jeder zehnte hier war kein Sklave. Im Norden gab es keine Sklaven, jeder war ein freier Mensch. Männer und Frauen waren füreinander da und halfen sich gegenseitig. Keiner diente.

Hier war das gänzlich anders, Frauen blieben unter sich und die Männer auch. Im Badehaus war die Trennung mitunter nicht ganz so streng, aber das oft aus einem anderen, mehr körperlichen Grund. Am Rande des Marktes, wo er nun in die Gasse zu seiner Taverne abbiegen wollte, war eine erhöhte Plattform aus Holz aufgebaut. Auf dieser Bühne wurden täglich die Sklaven verkauft und gekauft, die das Leben der Reichen so angenehm und Lebenswert machten.

Wie jedes Mal, wenn er dort vorbei ging, zog er verächtlich die Mundwinkel nach unten. Wie konnte man nur mit Menschen handeln. Schnell wollte er vorbei, doch dieses Mal blieb er stehen. Etwas hatte seine Aufmerksamkeit geweckt. Er stellte sich an die Seite und betrachtete das Schauspiel. Hinter der Bühne standen die Menschen, die zum Verkauf standen und vor der Bühne die, die sie kauften. Münzen wechselten den Besitzer und Menschen ebenfalls.

In der Masse der Sklaven sah er eine Bewegung, die ihn vorhin schon unbewusst zum Anhalten gebracht hatte. Eine Frau überragte die anderen Sklaven fast um eine halbe Haupteslänge. Noch hatte er nicht viel von ihr gesehen, da sie ziemlich weit hinten stand. Er würde einfach warten, bis sie an der Reihe war und er sie auf der Bühne sehen konnte.

Der Verkauf ging zügig voran. Einige junge Männer wurden an einen Landbesitzer verkauft, der sie gleich zu zehnt kaufte, ohne sie wirklich gesehen und geprüft zu haben. Sie würden sicher auf seinen Ländern als Feldarbeiter arbeiten müssen. Einige Frauen suchten neue Dienerinnen und wurden mit dem Händler auch schnell einig. Zwei alte Frauen fanden keinen Käufer und selbst für den Mindestpreis konnte sich keiner finden, der sie übernahm. Für die Beiden war damit sicherlich ihr Schicksal besiegelt, sie würden sicher in der Arena bei den Löwen enden. Neben der Bühne wurde den Sklaven das Zeichen der neuen Herren mit einem glühenden Eisen in die Schulter gebrannt. Man hörte das Schreien der Menschen und roch verbranntes Fleisch.

Nun kam die Reihe an die Frau, die Karls Aufmerksamkeit geweckt hatte. Sie war wirklich groß. Fast so groß wie er selbst. Mit einer grazilen Bewegung stieg sie die Treppe hinauf und mit einem festen Schritt bestieg sie die Bühne. Ihre Haut hatte die Farbe von Kupfer und sie hatte lange, schwarze Haare. Sie fielen ihr weit in den Rücken, das konnte er sehen, als sie sich auf der Bühne drehen musste. Ihre Bewegungen waren geschmeidig und doch kraftvoll. Wie die eines Löwen. Karl hatte mal einen in der Arena gesehen.

Das dünne Gewand verbarg nicht viel von der Gestalt der Frau. Es war mit einem Träger und einer Spange über einer Schulter zusammengerafft, die andere Schulter war nackt. Das Gewand ging ihr bis zu den Knien und auch die Beine waren schlank, die Fesseln schmal. Karl schob sich dicht an die Bühne, um besser sehen zu können. Sein Blick traf ihre Augen und er sah den Stolz in ihnen aufblitzen.

Der Händler begann die Summe zu nennen, einige Männer stimmten mit ein und trieben den Preis nach oben. Wie von fern hörte sich Karl mitbieten, obwohl ihn das ja nicht gefiel, doch diese Frau war anders. Jetzt waren sie nur noch zu dritt, die weiter boten. Die Summe wurde immer höher und dem Händler lief schon fast das Wasser im Mund zusammen.

Nun hatte der Preis dieser Frau schon den Preis aller anderen Sklaven zusammen übertroffen und Karl bot immer noch weiter mit. Es war wie ein innerer Zwang. Schließlich war er der letzte und er bekam den Zuschlag. Eintausend Denare war der ausgehandelte Preis und dafür hätte Karl damals als Legionär fünf Jahre dienen müssen. Er griff in die Tasche und zählte die 40 goldenen Aureus Münzen, die er zuvor für die Steine erhalten hatte, in die Hand des Händlers. Dieser griff zu einem glühenden Eisen, dann wedelte er damit vor der Nase der Frau herum und fragte „Soll ich ihr dein Zeichen einbrennen?" Karl sah die Angst in den Augen der Frau und schüttelte nur den Kopf. „Mach ihr nur dein Zeichen ab." sagte er. Fast enttäuscht löste der Händler den Halsreif, dann ergriff Karl die Hand der Frau und ging mit ihr vom Markt zu der Taverne zurück.

Dort angekommen ließ er sie sich an den Tisch in der Taverne setzen. Er bestellte beim Wirt zu essen und zu trinken. An der Art wie sie das Essen verschlang erkannte er, dass sie sehr hungrig gewesen war. Vermutlich hatte sie auf dem Weg nicht viel von dem Händler erhalten. Sie sah ihn dankbar an. „Wie heißt du?" fragte Karl „Amara" antwortete sie mit einem angenehmen und fremden Klang in ihrer Stimme. „Amara" wiederholte er und sie nickte zur Bestätigung. „Ich mag keine Sklaven. Möchtest du mich aus freien Stücken begleiten? Als freie Frau?" fragte er. Ihre Augen wurden groß und sie nickte heftig. Sie hatte sofort Vertrauen zu ihm gehabt und nun bestätigte sich ihre Hoffnung, dass er vielleicht ihr Glück war.

10. Kapitel

Aus freien Stücken

Der Wirt kam an den Tisch und sah Amara von oben herab an. Eine Sklavin eben, die nichts wert war, das konnte man in seinem Blick sehen und der Stolz flammte wieder in Amaras Augen auf. „Hast du ein Zimmer für sie?" fragte Karl „Im Sklavenhaus ist noch was frei." sagte der Wirt, doch Karl schüttelte den Kopf. „Nein ein richtiges, hier in deiner Taverne." setzte er hinzu. Der Wirt stutzte. „Für eine Sklavin? Niemals!" rief er.

Karl holte einen Beutel mit Münzen aus der Tasche und der Wirt bekam einen gierigen Gesichtsausdruck. „Wirklich nicht?" fragte Karl, während er die Münzen durch die Finger gleiten ließ. Man sah, dass der Wirt hin und her überlegte. Eine Sklavin in seiner Taverne. Was würden die anderen Gäste sagen? Andererseits sah er die Münzen und wer würde es schon erfahren? Der Händler würde bald abreisen und so ein Geschäft wollte er sich nicht entgehen lassen. Er nannte einen Preis für das Zimmer, der gut für zehn Nächte gereicht hätte und Karl drückte ihm die Münzen wortlos in die Hand.

Der Wirt nannte die Nummer der Tür und strich die Münzen genüsslich ein. Sein Lächeln verriet das gute Geschäft, aber Karl war bereit gewesen diesen Preis zu zahlen. Er wollte Amara in seiner Nähe wissen. Gemeinsam gingen sie in den hinteren Teil der Taverne, wo sich von einem längeren Gang die Türen zu den Zimmern abzweigten. Amaras Zimmer lag seinem genau gegenüber. Karl öffnete die Tür und sah in das Zimmer hinein. Es war genau so eingerichtet wie sein eigenes. Ein Bett, ein Tisch und ein Stuhl, sonst nichts. Durch das Fenster fielen die letzten Sonnenstrahlen der untergehenden Sonne in das Zimmer und färbten die Einrichtung in ein freundliches rosa.

Amara ging in das Zimmer und drehte sich an der Tür um. „Ich danke dir." sagte sie und deutete eine Verbeugung an. „Du musst dich nicht verbeugen. Du bist keine Sklavin mehr, sondern eine freie Frau." sagte Karl und ging zu seiner Tür hinüber. „Ich wünsche dir eine gute Nacht." sagte er, während er seine Tür öffnete und in das Zimmer ging. „Das wünsche ich dir auch." antwortete Amara und schloss ihre eigene Tür.

Karl legte sich auf sein Bett und dachte über den Tag nach. War es richtig gewesen Amara zu kaufen? Es war eine ganze Menge Geld, die er so ausgegeben hatte, doch er hatte das Geld nicht verloren sondern nur eingetauscht. Was war schon Geld, wenn es um einen Menschen ging. Er wollte gerade das Licht löschen, als er sah, dass seine Zimmertür sich leise öffnete. Amara trat in den Raum und verschloss die Tür hinter sich. Sie stand unschlüssig in dem Raum und schaute ihn an. Das Funkeln war wieder in ihren Augen zu sehen oder spiegelte sich nur das Licht der Öllampe darin? Sie löste die Spange, die ihr Kleid zusammen hielt und der Stoff fiel zu Boden. Nackt kam sie auf ihn zu.

Die Sonnenstrahlen, die durch sein Fenster fielen weckten Karl und auch Amara räkelte sich in seinem Arm. Er schaute auf diese Frau, die ihm in dieser Nacht so viel Freude geschenkt hatte. Sie stand auf und ging zu dem Tisch an der Wand. Amara nahm den kleinen Holzbottich und stellte ihn auf den Tisch. Aus einem Krug goss sie Wasser hinein und begann sich zu waschen. Erst jetzt im Licht der Sonne konnte er sie sich richtig anschauen. Ihr Körper war wohlgeformt und genauso schlank, wie es schon das dünne Kleid hatte vermuten lassen. An der linken Hüfte hatte sie eine kleine Narbe, die aber nur an der anderen Farbe der Haut an dieser Stelle zu erkennen war.

Bei ihrem Anblick fasste Karl einen Entschluss. Er stützte sich im Bett auf und fragte sie „Willst du meine Frau werden?" Sie fuhr herum und stieß dabei den Bottich vom Tisch. Polternd fiel er zu Boden und verschüttete das Wasser vor ihren Füßen. Sie sah ihn mit großen, dunklen Augen an. Das Sonnenlicht ließ sie blinzeln. Für einen Moment stand sie einfach nur da und war zu keine Regung fähig. Nach nur einer Nacht fragte er sie dies schon? Schließlich sagte sie leise „Ja."

Karl stand auf, hob den Bottich auf und küsste sie. Er goss ihr neues Wasser ein und sie begann sich wieder zu waschen. Karl hob das Kleid auf, das sie an der Tür hatte liegen lassen und gab es ihr. „Wir brauchen noch ein paar Kleider für dich." sagte er. Als sie sich anzog, begann er sich zu waschen. Amara schaute dem Spiel seiner Muskeln zu. Das Wasser ließ seinen Körper glänzen. Mit einem Tuch trat sie an ihn heran und wollte ihn abtrocknen, doch er nahm ihr das Tuch aus der Hand.

„Du bist keine Sklavin mehr." sagte er erneut, während er sich selbst abtrocknete. „Wir sind jetzt gleich." erklärte er weiter und sah an ihrem fragenden Blick, dass sie das nicht verstand. „In meinem Land ist das so. Männer und Frauen sind frei. Wir arbeiten zusammen, wir leben zusammen und jeder hat dieselben Rechte." Sie nickte verstehend. „Da muss ich noch viel lernen." sagte Amara mit einem dankbaren Ton in ihrer Stimme. „Und jetzt gehen wir erst mal was essen. Danach holen wir auf dem Markt was für dich zum anziehen. Es wird eine lange Reise und du hast nur ein Kleid." Sie nickte dankbar und strahlte ihn an.

Wenig später waren sie wieder auf dem Markt, auf dem Karl sie am Tag zuvor aus der Sklaverei frei gekauft hatte. Amara machte einen großen Bogen um die Bühne, auf der auch an diesem Tag wieder Sklaven gehandelt wurden. An einem der Stände blieb Karl stehen und zeigte auf die Kleider. „Suche dir was Schönes aus. Ich bin gleich zurück." sagte er und ging an einen anderen Stand. Sie schaute auf all die schönen Kleider, die auf dem Stand lagen. Was sollte sie sich aussuchen? Karl hatte gesagt, dass es eine lange Reise sei, also suchte sie sich Kleider aus, die sie bei einer Reise tragen konnte.

Als sie sich vier Kleider ausgesucht hatte, kam auch Karl zurück. Er hatte einen Gürtel mit einem großen Dolch gekauft. Er legte ihr den Gürtel um und sie zog den Dolch heraus, den er ihr umgegürtet hatte. Er war lang, spitz und zweischneidig. Der Griff war fein gearbeitet und ließ sich gute halten. „Dieser Dolch ist ein Zeichen für deine Freiheit. Alle freien Frauen meines Volkes tragen einen Dolch. Er soll dich beschützen und dir helfen." erklärte Karl „Und mit diesem Dolch sind wir Mann und Frau. Für immer" setzte er hinzu. Sie schob den Dolch zurück und küsste ihn. Nun war sie wirklich frei. Jeder konnte nun sehen, dass sie keine Sklavin war. Denn Sklaven durften keine Waffen tragen.

Karl trug die Kleider über den Arm. An der Art, wie sie den Dolch in der Hand gehabt hatte, hatte er gesehen, dass sie wusste wie man damit umging. Er hatte gesehen, wie sich die Muskeln ihrer Arme angespannt hatten, als sie den kalten Stahl berührt hatte und er wusste nun auch, dass sie ihn benutzen konnte, falls sie ihn brauchen würde. Als sie wieder in der Taverne waren sagte Karl zu dem Wirt „Das zweite Zimmer brauchen wir nicht mehr. Meine Frau schläft ab jetzt bei mir." Der Wirt nickte, machte aber wegen des entgangenen Geschäftes ein missmutiges Gesicht. Er hatte schon mit der Münzsumme für weitere Nächte gerechnet.

11. Kapitel

Eine Seereise beginnt

Der erste Tag ihrer Ehe und damit der erste Tag als freie Frau brach an. Amara war wieder bei Sonnenaufgang aufgestanden. Karl zeigte auf die verfärbte Stelle an ihrer Hüfte und sie erzählte ihm von der Nacht, als sie geraubt wurde, um sie danach als Sklavin zu verkaufen. Bei dem Überfall wurde sie verletzt und nur mit viel Glück, und der Kunst einer anderen Sklavin, hatte sie diese Verletzung überlebt. Sie hatte dann zuerst in einer Plantage gearbeitet, dann in einer Villa, bis sie wieder verkauft worden war und nun hier bei Karl lebte. Die Geschichte mit Severinus Lupus verschwieg sie fürs Erste. Sie schämte sich viel zu sehr dafür, obwohl es da für sie ja nichts zu schämen gab..

Karl fuhr mit dem Finger über die kleine Vertiefung. Sie war nur etwa so lang wie sein kleiner Finger und wieder gut verheilt. Amara zog sich eines der Kleider an, das sie am Vortag gekauft hatte und gürtete sich als nächstes mit ihrem Dolch, der genau auf der Stelle an ihrer Hüfte hing, an der sie die Verletzung hatte. Diesen Dolch würde sie nun nie mehr ablegen. Sie sah Karl dankbar an und begann danach die Sachen zusammen zu packen. Schließlich wollten sie heute aufbrechen.

Nachdem sich Karl angezogen hatte nahm er sein Schwert und prüfte die Schärfe. Hier in der Stadt hatte er es nicht gebraucht, doch von nun an würde er nicht auf die Waffe verzichten können. Der Stahl war makellos und von den vergangenen Kämpfen war kein Kratzer mehr auf der Klinge zu sehen. Bewaffnet gingen sie Beide in den Gastraum der Taverne und setzten sich an einen der Tische. Der Wirt brachte Brot, Wurst und Wein. Vor dem Aufbruch wollten sie sich noch stärken.

Karl bezahlte seine Unterkunft und das Essen, danach ließ er seinen Waren von zwei Sklaven des Wirtes auf einen Wagen verladen, den er sich für diesen Tag von einem Fuhrmann gemietete hatte. Schnell waren die Kisten und Krüge verladen und der Wagen setzte sich, von zwei müden Eseln gezogen, in Bewegung. Es ging Bergab durch die kleine Stadt und danach auf die weite Ebene hinaus. Vor sich sah Amara das Blau des Meeres, das sich mit dem helleren Blau des Himmels in der Ferne irgendwo traf.

Der Weg führte schnurgerade auf das Wasser zu. Links und rechts des staubigen Weges standen kleine Zypressen verloren in der gelben Ebene. Langsam kroch die Sonne über den Himmel und als sie ihren höchsten Punkt erreicht hatte, hatte auch der Wagen sein Ziel erreicht. Eine kleine Ortschaft direkt am Meer. Amara schaute auf die Wellen hinunter, die sich unter dem Steg aufbäumten, nur um kurz darauf am Strand in kleine Bäche zu zerfließen und danach wieder ins Meer zurückzukehren.

Karl war zu einer kleinen Taverne am Rande des Stegs gegangen. Der Schiffer des kleinen Bootes saß an einem Tisch unter einem, als Sonnensegel genutzten, Stück Stoff. So hatte er Schatten und gleichzeitig sein, sanft in der Dünung der Wellen schaukelndes, Boot im Blick. Ein paar Sklaven trugen Waren an ihm vorbei und brachten sie auf das Schiff. Es war kein sehr großes Schiff, aber für den Weg die Küste entlang war es groß genug. Er sah die dunkelhäutige Frau dort stehen und er sah den Fremden, der sich an seinen Tisch setzte.

„Ich brauche eine Transportgelegenheit für meine Waren. Hast du noch Platz auf deinem Schiff?" fragte Karl und der Mann zog seine Brauen hoch. Derr Fremde hatte „Du" gesagt. Er betrachtet ihn und schaute auf das lange Schwert, der Fremde machte einen Wehrhaften Eindruck und so entgegnete er „Ja, ich habe noch Platz. Wieviel Ware hast du?" „Nur ein paar Kisten. Dann mich und meine Frau." sagte Karl und zeigte auf Amara, die gerade einem Sklaven auswich, der mit einer Kiste gestolpert war. Sie half ihm wieder auf die Beine und er lief schnell weiter.

Der Schiffer drehte sich um und sah den Wagen, von dem gerade ein Mann ein paar Kisten und Krüge ablud. Er nickte und nannte seinen Preis. „Die eine Hälfte gebe ich dir jetzt und die andere, wenn wir da sind." sagte Karl und der Schiffer stimmte knurrend ein. Mit einem Handschlag besiegelten sie ihren Handel und der Schiffer winkte einen seiner Sklaven zu sich. Mit einem grunzen zeigte er auf die gerade abgeladenen Waren und der Sklave beeilte sich die Kisten auf das Schiff zu bringen.

„Amara." rief Karl und die Frau kam zu der Taverne. Sie setzte sich zu den beiden Männern an den Tisch. Karl bestellte Wein um den Handel endgültig zu besiegeln und der Wirt brachte drei Krüge. Auch Essen bestellte Karl, aber nur für sich und seine Frau. Der Schiffer sollte sich selbst was zu essen bestellen, schließlich hatte Karl ihn ja schon bezahlt. „Morgen früh bei Sonnenaufgang segeln wir los." sagte der Seemann und stand auf. Mit einem von der Seefahrt geprägten schwankenden Gang lief er über den Steg zu seinem Schiff hinüber. Amara schaute ihm hinterher. So ein ähnliches Schiff hatte sie damals von ihrer Heimat hier herüber in die Sklaverei gebracht.

Es war nur etwas kleiner als das damalige Schiff. Dieses hier hatte nur einen Mast und sah auch nicht so stabil aus, wie es für eine Überfahrt über das Meer hätte sein müssen. Für die Fahrt an der Küste entlang würde es wohl gerade so gehen. Amara schaute Karl an und der zuckte mit den Schultern. Er hatte ihren besorgten Blick registriert. „Es gibt hier heute nur dieses eine Schiff. Wir müssten sonst auf das nächste warten und wer weiß schon, wann das kommt." sagte er. Sie nickte und verstand. Ihr Blick ging wieder zum Schiff zurück. Karl stand auf und ergriff ihre Hand. „Vertraue auf den Beistand der Götter." sagte er zu ihr, Amara stand vom Tisch auf und sie gingen gemeinsam über den Steg.

Der Seemann stand auf dem Deck des Schiffes. „Ich habe aber keine Kabine für euch. Ihr müsst bei eurer Ware schlafen." begrüßte er sie. Karl nickte und stieg über die Bordwand, dann drehte er sich um und gab Amara die Hand, damit auch sie auf das Boot steigen konnte. „Ich habe eure Ware am Heck des Schiffes lagern lassen. Der Sklave bringt euch hin." sagte der Kapitän und winkte einen der Sklaven zu sich. Karl und Amara, geführt von dem Sklaven, stiegen eine Leiter hinunter in den dunklen Bauch des Schiffes. Es roch muffig und nach abgestandenem Wasser. Für einen Moment verzog Amara das Gesicht. Es roch hier fast so, wie damals in dem Wagen, der die Sklaven in die Stadt gebracht hatte. Eine Ratte lief über einen der Säcke und huschte in das Dunkel des Laderaumes.

12. Kapitel

Sturmgepeitschte See

Das Schaukeln des Schiffes hatte Amara lange nicht einschlafen lassen. Bei dem Gedanken an die Ratte und deren Freunde hier im Bauch des Schiffes hatte sie die ganze Nacht den Griff des Dolches fest umklammert gehabt. Aber die Ratten waren anderswo beschäftigt gewesen. Abgesehen von dem widerlichen Geruch lag man hier ganz gut. Karl hatte aus einer seiner Kisten ein paar Felle herausgenommen und sie so ausgebreitet, dass Amara darauf schlafen konnte. Die Felle waren kuschlig weich. Als sie erwachte sah sie ihn im Halbdunkel neben sich sitzen.

Sie streckte sich und stieß mit der Hand gegen eine der Kiste. Das leise Geräusch ließ ihn Aufsehen. „Guten Morgen. Hast du gut geschlafen?" fragte er und sofort hatte sie den muffigen Geruch wieder in der Nase. Sie setzte sich neben ihn und nickte. Von oben fiel nur ein kleiner Sonnenstrahl hier in den Laderaum herunter. Er tauchte alles in ein Dämmerlicht. „Kann man sich hier irgendwo waschen?" fragte sie und sofort sah sie, dass er den Kopf schüttelte. „So wie das hier riecht, möchte ich mich hier lieber nicht waschen, sondern nur draußen. Aber ich könnte dir einen Eimer mit Meerwasser holen." Amara nickte und er stand auf.

Oben an Deck war schon eine ganze Weile geschäftiges Treiben. Letzte Waren wurden noch an Bord gebracht und an Deck verstaut. An der Seite stand ein Eimer mit einer Schnur daran. Karl warf den Eimer ins Wasser und zog ihn wieder zu sich an Bord. Mit dem vollen Eimer stieg er vorsichtig die Leiter zu seiner Frau hinunter. Er stellte ihn auf eine der Kisten und sie begann sich darin zu Waschen. Karl klappte eine seiner Kisten auf und holte eine kleine Flasche heraus. Er reichte sie Amara und die öffnete das kleine Fläschchen. Es waren wohlriechende Öle darin, die sie sich auf die nackte Haut rieb danach zog sie sich wieder an. „Ich danke dir für die Öle." sagte sie und küsste ihn.

Zusammen gingen sie die Leiter nach oben. Karl stieg hinter ihr her und kippte dann das Waschwasser über Bord. Er ließ den Eimer stehen wo er war und ging zu ihr an die Bordwand. Die Sklaven begannen die Segel zu setzen und ein leichter Wind schob das Boot auf die See hinaus. Sie schauten nach vorn und sahen, wie das Schiff nach links abbog und in Sichtweite des Ufers nach Süden drehte. Auf der einen Seite die offene See, auf der anderen das nahe Land, so fuhren sie immer weiter. Nach einer ganzen Weile sah Amara einige Fische vor dem Bug des Schiffes aus dem Wasser springen, so als ob das Schiff sie vor sich her und aus dem Wasser drückte.

Sie kamen gut voran, aber zu beiden Seiten änderte sich lange nichts. Links gelbes Land, rechts blaues Meer. Karl suchte sich eine Sitzgelegenheit an Bord, in den stinkenden Laderaum wollte er nicht wieder zurück. Eine der Kisten, die als letztes an Bord verstaut worden waren, bot sich als gute Sitzgelegenheit an. Von dort aus konnten sie auf das Meer sehen und durch das Segel hatten sie auch noch etwas Schatten. Der Seemann stand ein paar Schritte hinter ihnen, auf einer leicht erhöhten Plattform, am Steuer und vier Sklaven eilten von einem Seil zum anderen, um seinen, zu ihnen herunter geschrienen, Befehlen Folge zu leisten. Von Zeit zu Zeit fluchte er laut, wenn einer der Sklaven nicht schnell genug am Seil zog, oder das falsche erwischte.

Amara schaute sich auf dem Schiff um. Es war zwar nur ein kleines Boot, aber hier gab es ein Gewirr von Seilen und Tauen und sie hätte nie im Leben begriffen, wozu welches der vielen Seile diente. Sie schaute nach oben auf die Spitze des Mastes. Ein paar Möwen umkreisten das Schiff und sahen hungrig auf die Menschen herunter. Aber dies war ja kein Fischerschiff und so konnten sie hier auch keinen Teil des Fanges stehlen. Schimpfend flogen sie eine nach der anderen wieder weg. Gemächlich zog das Schiff dahin. Gegen Nachmittag wurden die Sklaven auf dem Deck immer hektischer. Auch der Seemann am Ruder wurde sichtlich nervös. Immer lauter brüllte er seine Befehle.

Karl und Amara schauten sich an, konnten aber keinen Grund für die Hektik ringsum sehen. Wenig später zeigte Karl auf eine dunkle Wolke, die direkt vor dem Schiff zu sehen war. „Das ist sicher der Grund für die Unruhe hier an Bord." sagte er. Amara nickte, konnte aber nicht verstehen, wie so ein kleines Wölkchen die Männer so aufregen konnte. Wenig später erstreckte sich das kleine Wölkchen über die ganze Breite des Himmels. Es wurde zusehends dunkler und auch der Wind frischte immer mehr auf.

Karl zog seine Frau an der Schulter von der Kiste hoch. Im Aufstehen merkte sie, wie heftig der Wind wirklich geworden war. Er nahm sie in den Arm und ging mit ihr zu der Leiter. Wo bisher ein eher ruhiges Meer gewesen war wurden die Wellen nun immer größer. Die ersten Gischtspritzer trafen Amaras Gesicht. Der Sturm verfing sich in ihrem langen Haar und riss an ihrem Kopf. An Rande der Luke nach unten schaute sie noch einmal zurück und sah die erste große Welle genau auf die Stelle hernieder gehen, auf der sie vor kurzem noch gesessen hatten. Karl drückte sie am Rücken in die Luke und sie musste sich festhalten um nicht zu stürzen. Das Schiff schwankte von einer Seite zur anderen.

Karl drehte sich noch einmal um und sah gerade noch wie einer der Sklaven von einer Welle erfasst und über Bord geschleudert wurde. Schnell sprang er in die Luke und ließ sich die Leiter herunter fallen. Er landete direkt vor den Füßen seiner Frau und von oben lief das erste Wasser in den Laderaum hinein. Sie verzogen sich in die Nähe ihrer Kisten und klemmten sich so dazwischen, dass sie nicht mit jeder Bewegung des Schiffes gegen die Kisten geschleudert werden konnten. Es war finster hier im Schiff und die schwankenden Bewegungen des Schiffes setzten sich bis in Amaras Magen fort. Sie hatte zwar nicht viel gegessen, doch das, was sie gegessen hatte, wanderte nun in ihr hin und her.

Es würgte in ihrem Hals, alles zog sich in ihr zusammen und sie musste sich übergeben. Da sie sich aber durch den Seegang keinen Meter wegbewegen konnte, machte sie das einfach da, wo sie saß. Karl hielt ihr den Kopf, ihm schien das Ganze nicht viel auszumachen, aber ihr ging es immer schlechter. Konnte dieses Schaukeln nicht endlich aufhören? Immer wieder musste sie sich übergeben und dazwischen betete sie zu ihren Göttern um Erlösung aus dieser Not. Würde sie erhört werden?

13. Kapitel

Am Leben geblieben?

So plötzlich, wie der Sturm über sie hereingebrochen war, so plötzlich war er auch wieder zu Ende. Der Himmel über der Öffnung wurde wieder blau und Amara konnte die Möwen wieder hören. Sie wischte sich mit dem Handrücken über den Mund „Kannst du mir etwas Wasser zum waschen holen?" fragte sie mit schwacher Stimme und Karl kletterte vorsichtig die Leiter hinauf. Der Mann am Ruder hatte sich festgebunden und schrie nach vorn. Karl konnte nur noch zwei Sklaven sehen, die anderen beiden waren im Sturm sicher über Bord gegangen.

Auch ein Teil der Ladung, die an Deck festgemacht gewesen war, fehlte. An der Stelle, an der die Kiste vorhin gestanden hatte, auf der sie gesessen hatten, fehlte ein Stück der Bordwand. Vermutlich hatte die Kiste im Rutschen die Bordwand durchschlagen und war dann ins Meer gestürzt. Einige Seile des Segels waren gerissen und das Segel hing schlapp am Mast herunter. Die beiden Sklaven versuchten die Seile wieder fest zu machen und dies gelang ihnen mit vereinten Anstrengungen dann auch.

Karl suchte den Eimer und fand ihn hinter einer kleinen Kiste eingeklemmt an der Bordwand. Er zog ihn hervor und warf ihn über Bord, dann zog er ihn am Seil wieder gefüllt zurück. Er dachte an Amara im Laderaum. Sie Beide hatten überlebt, die beiden Sklaven hatten nicht so viel Glück gehabt. Vorsichtig, mit dem Eimer in der Hand, kletterte er zu Amara in den Laderaum hinunter. Sie war aufgestanden und hatte das verschmutzte Kleid ausgezogen. Als Karl mit dem Wasser kam wusch sie sich zuerst den Mund, dann das Gesicht und schließlich die Haare. Sie zog sich ein neues Kleid an und säuberte mit dem alten Kleid und dem Wasser aus dem Eimer die Stelle, an der sie sich übergeben hatte.

Karl brachte das schmutzige Wasser und das alte Kleid an Deck und kippte beides zusammen ins Meer. Als er sich umdrehte sah er wie Amara gerade auf Deck erschien und die Zerstörungen sah. Sie war immer noch ziemlich blass, auch wenn man dies durch ihre dunkle Hautfarbe nicht ganz so deutlich sehen konnte. Als sie das Loch in der Bordwand sah, musste sie sich erst mal vor Schreck abstützen. Vor sich sahen sie nun das Ziel ihrer Reise an diesem Tag. Der kleine Hafen war durch den Sturm ebenfalls getroffen worden. An der Einfahrt zum Hafen lag ein umgekipptes Schiff und sie fuhren daran vorbei. Als das Schiff angelegt hatte gingen die beiden Reisenden sofort von Bord. Amara brauchte erst mal festen Boden unter den Füßen, um den Schreck des Sturmes zu verarbeiten.

Vom Land aus sah das Schiff noch angegriffener aus, als von Bord aus. Der Seemann machte sich auf den Weg um die Reparatur seines Schiffes und den Kauf von zwei neuen Sklaven zu Organisieren. Auch in diesem Dorf gab es eine kleine Taverne direkt am Hafen. Die Beiden setzten sich so hin, dass sie das Schiff nicht im Blick hatten, sondern auf die ruhige See schauen konnten. Nachdem sie etwas gegessen und getrunken hatten merkte Amara, dass sie ihre Haare doch nicht ganz so gut sauber bekommen hatte, wie sie gedacht hatte. Sie sah sich um und bemerkte ein paar Kinder, die im flachen Wasser der Bucht badeten. Es ging zwar langsam auf den Abend zu, doch es würde sicher noch eine Stunde hell sein.

Sie zog Karl zu der kleinen Bucht, übergab ihm ihren Dolch, legte das Kleid ab und sprang in das Wasser der kleinen Bucht. Es war hier nicht tief und ging ihr gerade mal bis zur Hüfte. Karl setzte sich mit den Sachen an den Strand und sah seiner Frau zu, wie sie im flachen

Wasser schwamm. Er selbst konnte nicht schwimmen, aber das wollte er sich vor ihr nicht eingestehen. Vielleicht würde sie ja den Respekt vor ihm verlieren. Nach einer ganzen Weile kam sie wieder aus dem Wasser zurück. Das Öl, das ihr Karl am Morgen gegeben hatte, sorgte dafür, dass das Wasser von ihrer Haut abperlte. Sie schüttelte ihre schwarzen Haare, um sie zu trocknen. Der milde Wind des Abends wehte über ihren Körper und wehte auch den Rest des Wassers fort, als sie wieder trocken war zog sie sich das Kleid wieder an und gürtete sich den Dolch um.

Der Seemann war in der Taverne eingetroffen und als die Beiden wieder zum Schiff gehen wollten hielt er sie an. „Die Reparatur dauert noch bis morgen Abend. Wir können also erst übermorgen wieder aufbrechen. Wenn ihr an Land bleiben wollt, so gibt es hier in dem Dorf auch eine Herberge." sagte er und zeigte auf ein größeres Haus am anderen Ende der Bucht. Karl sah Amara an und die nickte zustimmend. Zusammen schlugen sie den Weg am Wasser entlang ein und gingen auf die offen stehende Tür zu. Langsam legte sich die Dämmerung über das kleine Dorf. Ein paar Mütter riefen nach ihren Kindern, sonst war alles ruhig. Der Wind säuselte in den schilfgedeckten Häusern.

Sie nahmen ein schönes Zimmer in der Herberge, das auch etwas größer war, als es das Zimmer in der Stadt gewesen war. Das Bett war deutlich breiter, da es ja auch für zwei bestimmt war. Amara wusch sich vor dem zu Bett gehen das Salz des Meeres aus ihren Haaren, dann schlüpfte sie zu ihrem Mann unter die Decke.

Irgendwo krähte ein Hahn und Karl schlug die Augen auf. Amara lag auf seinem Arm und hatte sich an ihn gekuschelt. Er versuchte seinen Arm unter ihr hervorzuziehen, ohne sie zu wecken, doch sie hielt ihn einfach fest. Sie schlug die Augen auf und küsste ihn. Zusammen standen sie auf und schauten aus dem Fenster. Draußen war es noch dunkel, der erste kleine Streifen Helligkeit war gerade am Horizont zu sehen. Sie wuschen sich und zogen sich an. Im Haus begann langsam Geschäftigkeit. Amara hörte eine Tür zuschlagen und jemand schlurfte über den Gang vor ihrem Zimmer.

Karl nahm ihre Hand und zusammen gingen sie in den Speiseraum der Herberge. In der Ecke wurde gerade Feuer gemacht und eine alte Frau brachte einen Kessel mit Suppe herein, den sie über das Feuer hängte. Der Geruch von gebratenem Fleisch zog durch die Räume und machte den beiden Appetit. Brot, Wurst und gebratenes Hühnerfleisch wurde ihnen gebracht und sie langten beide ordentlich zu.

14. Kapitel

Ein glänzendes Geschäft

Das Schiff war eine Woche von Hafen zu Hafen die Küste entlang gefahren, bis es endlich den Zielhafen von Karls und Amaras Reise erreicht hatte. Karl lies die Kisten ausladen und übergab dann die vereinbarte Summe Münzen an den Seemann. Ein paar Sklaven verluden die Kisten auf einen Wagen, der sich rasch auf den Weg zum Markt machte. Da es schon spät am Abend war wollte Karl die Waren zuerst in einer Taverne am Markt unterstellen und mietete dafür eine der Scheunen bei dem Wirt.

Zusammen mit Amara prüfte er, ob alles den Transport auf dem Meer sicher und unbeschadet überstanden hatte. Die Frau staunte, was ihr Mann alles für Waren hatte. Am meisten staunte sie aber über die blonden Haare, die zu langen Zöpfen zusammengebunden in einer der Kisten lagen. Sie hielt sich einen der Zöpfe an die Seite ihres Kopfes und lachte. „Wozu hast du die denn dabei?" fragte sie. „Die sind das Wertvollste, was ich als Waren dabei habe." erklärte er seiner Frau. „Die römischen Frauen sind ganz verrückt nach dem hellen Haar aus meiner Heimat und lassen sich daraus Perücken machen." erzählte er weiter. Amara legte den Zopf vorsichtig zurück.

Sie zog ihre langen schwarzen Haare nach vorn und begann „Mir sind meine Haare viel lieber." „Mir auch." stimmte Karl zu „Aber die reichen römischen Frauen lieben nun mal dieses goldgelbe Haar." Sie schüttelte fassungslos den Kopf. „Haben alle Frauen in deinem Land solche Haare?" fragte sie und betrachtete immer noch die Strähne in ihrer Hand. „Nicht alle, aber viele." sagte Karl und klappte die Kisten zu. „Komm, las uns in die Taverne gehen." sagte er und schloss die Scheune zu.

Mit einer Fackel in der Hand ging Karl über den Hof der Taverne und trat, nach seiner Frau, in den großen Speiseraum. Ein Feuer in der Ecke des Raumes warf zuckende Schatten an die Wände und beleuchtete den Raum rötlich. Das Feuer war die einzige Lichtquelle in dem Raum und in der Dunkelheit schien die Decke des Zimmers noch viel niedriger zu sein, als sie ohnehin schon war. Über dem Feuer in der Ecke wurde ein Hammel am Spieß gedreht, einige Teile fehlten schon und auch die Beiden bestellten sich ein paar Stücken davon, die ihnen kurz darauf, mit ein paar Scheiben Brot, auch gebracht wurden.

Nach dem Essen gingen sie in das kleine Zimmer am Ende des Ganges. Karl hatte eine Öllampe dabei, die er auf den Tisch stellte und die den Raum nur spärlich ausleuchtete. Amara legte den Beutel ab, in dem sie ihre wenigen Sachen untergebracht hatte und legte dann den Dolch samt Gürtel auf den Tisch. Karl verriegelte die Tür und legte danach sein Schwert zu ihrer Waffe auf den Tisch. „Ich habe schon so viel gesehen und erlebt, seit wir zusammen sind." sagte sie „Und ich will auch deine Heimat mit dir zusammen sehen." schloss sie den kurzen Satz ab.

„Das wirst du sicher." antwortete er, während er seine Sachen über einen der Stühle hängte. „Ich möchte, dass du morgen die Haare an die Frauen verkaufst. Du hast da sicher ein gutes Gespür dafür." sagte er und sah schon den ungläubigen Blick Amaras. „Ich, mit meinen schwarzen Haaren, soll diese goldenen anpreisen?" fragte sie und er nickte nur. „Ich werde die Felle und die Steine verkaufen, du die Haare und die wohlriechenden Öle, die ich so gern auf deiner Haut rieche." „Wenn du mir das zutraust werde ich alles tun, um dich nicht zu enttäuschen." sagte sie und deutete eine Verbeugung an. Karl hatte sich schon ins Bett gelegt. „Jetzt komm ins Bett, der morgige Tag wird lang und anstrengend werden." sagte er abschließend und hielt die Decke hoch.

Amara streifte ihr Kleid ab und legte sich zu ihm. Er deckte sie zu und löschte die Öllampe. Wenig später hörte sie ihn schon schnarchen. Sie dachte an die goldenen Haare in der Kiste und bat ihre Götter ihr zu helfen, damit es ein gutes Geschäft werden würde, dann schmiegte sie sich an ihren Mann und schloss die Augen. Wenig später schlief auch sie. In der Nacht träumte sie von dem Verkauf am nächsten Tag. Als das erste Licht durch das Fenster fiel stand sie auf und flocht sich kleine schwarze Zöpfe, so wie die in der Kiste waren. Sie schaute auf Karl, der immer noch schnarchte. Als sie mit den Zöpfen fertig war weckte sie ihren Mann mit einem Kuss.

Karl schlug die Augen auf und sah einen schwarzen Zopf über seinem Gesicht hängen. Er strich über Amaras Haare und bewunderte ihren Körper vor sich. Sie saß nackt vor seinem Bett und drehte die Zöpfe in ihrer Hand. „Meinst du, das geht so?" fragte sie ihn. „Wenn du dazu dein schönstes Kleid trägst sicher." antwortete er und setzte die Beine aus dem Bett. Er stand auf und strich ihr über ihre Haare, während sie sich vor ihm an den Tisch setzte. „Ich mag deine Haare ja lieber offen, aber so wirst du sicher ein gutes Geschäft machen können." sagte er und küsste ihre Haare.

Sie zogen sich an und traten auf den Gang hinaus. „Zum Essen haben wir heute keine Zeit. Wir müssen den besten Platz für unsere Waren finden." sagte Karl und zog sie an der Hand zur Scheune. Der Platz vor der Taverne war noch fast Menschenleer. Nur ein paar Bauern luden Früchte von einem Karren und stapelten sie auf. Karl sah sich um und zeigte auf einen Platz. Er setzte die Kiste mit den Haaren dort ab.

„Warum gerade hier?" fragte Amara. „Siehst du diese Straße hier? Sie führt zu den Häusern der Reichen. Jeder, der von dort auf den Markt kommt, oder vom Markt zu seinem Haus zurück geht, muss hier vorbei." sagte Karl, sie nickte und staunte über ihren klugen Mann, der so viel wusste. Schnell waren die Kisten aufgebaut und zusammen geschoben. Sie legten die Waren so aus, dass jeder der vorbei kam sie sehen musste. Nun hieß es nur noch warten. Der Platz füllte sich immer mehr. Amara kaufte sich bei einem der Bauern ein paar Äpfel, die sie neben eine der Kisten legte, so hatte sie für den Tag immer etwas zu essen am Stand und musste nicht von ihm weg.

Die ersten Frauen kamen mit ihren Dienerinnen oder Sklavinnen auf den Markt und die ersten Waren wurden verkauft. Die Münzen klangen, als Amara sie in eine kleine Kiste legte. Auch Karl machte gute Geschäfte mit den Fellen. Es ging auf Mittag zu und Amara hatte schon alle Haare verkauft, nun half sie beim Verkauf der Pelze. Sie legte sich einen davon um den Hals und der Kontrast zwischen ihrer dunklen Haut und dem hellen Fuchspelz verfehlte nicht seine Wirkung. Als am Abend die Dämmerung hereinbrach verkaufte sie auch noch die letzten leeren Kisten.

Die Münzschatulle war bis zum Rand mit vielen kleinere Kupfermünzen sowie Silbermünzen gefüllt. Auch einige Aureus Münzen, von denen jede 25 Denare Wert war, waren dabei. Sie mussten die Kiste zu zweit anheben und Karl küsste Amara vor Freude. „Du bist eine gute Händlerin." sagte er stolz.

15. Kapitel

Die Rache einer Frau

Er strich mit der Hand durch die vielen Münzen in der Kiste, die er in dem Zimmer der Taverne auf den Tisch gestellte hatte, und blieb an einer etwas größeren hängen. „Was ist das denn?" fragte er erstaunt. Amara sah sich die Münze an. „Eine große Goldmünze." sagte sie mit einem Achselzucken. „Nein, das ist keine Münze, sondern eine Medaille." Sie schaute erschrocken. „Habe ich was falsch gemacht?" fragte sie zweifelnd.

„Nein, sie ist aus Gold und genauso viel Wert, wie die anderen. Diese Medaille hat ein Mann anlässlich eines großen Goldfundes prägen lassen. Siehst du diese Öse hier. Da kann man sie an eine Kette hängen. Ich möchte sie dir schenken." sagte er und drückte sie seine Frau in die Hand. Amara machte große Augen und betrachtete das goldene Schmuckstück. „So etwas Schönes hat mit noch niemand geschenkt." sagte sie, dann nahm die ein langes Band und zog es durch die Öse. Karl nahm das Band und legte es ihr um den Hals, dann schloss er es hinten mit einer Schleife.

Amara betrachtete die schöne Münze um ihren Hals. „Ich werde dir noch eine Kette kaufen, dann kannst du sie daran tragen." sagte Karl und sie nickte dankbar. „Aber es ist doch dein Geld." sagte sie, zweifelnd über die Richtigkeit der kostbaren Gabe. Er schüttelte den Kopf. „Nein, in meinem Land gehört es immer allen in der Familie. Also gehört das alles" er zeigte auf die offene Kiste mit den Münzen „genauso auch dir." Nun nickte sie verstehend, auch wenn sie noch nicht wirklich verstanden hatte, wie dieses Land ohne Sklaven, in dem alle gleich waren, aussah oder wie man dort leben konnte.

Karl nahm ein Säckchen und zählte ein paar Münzen hinein. Er klappte die Kiste zu und sagte „Den Rückweg werden wir zu Pferde machen. Ich will uns zwei schöne Pferde kaufen. Möchtest du mich begleiten?" Sie stand auf und nickte. „Und die Kiste?" fragte sie „Die schließe ich ab." antwortete Karl und drehte den Schlüssel im Schloss der Kiste herum. Mit einem lauten Knack sprangen die Riegel vor den Deckel und er verwahrte den Schlüssel in seiner Tasche.

Zusammen verließen sie die Taverne und gingen zu einem Händler, von dem Karl wusste, dass er die besten Pferde der Umgebung hatte. Der Händler begrüßte die Zwei und führte sie in den Stall, der direkt an sein Haus angrenzte. Amara sah sich die verschiedenen Pferde an und strich mit der Hand über die Nase jedes einzelnen. Karl schaute gebannt zu, wie sie durch den Stall ging. Als sie wieder neben ihm stand nickte er ihr zu und sie sagte „Das Weiße dort und das Schwarze ganz hinten." dabei zeigte sie auf die zwei ausgesuchten Pferde „Du hast eine gute Wahl getroffen." sagte Karl lobend und übergab dem Händler die geforderte Anzahl der Münzen.

Mit den beiden Reittieren am Zügel verließen sie den Stall wieder. Unterwegs kam Karl an einem Juwelier vorbei. Er übergab Amara die Zügel seines Pferdes und ging hinein. Nach einer Weile kam er mit einer kleinen goldenen Kette wieder heraus. Er machte seiner Frau das Band auf, fädelte die Münze auf die Kette und legte diese ihr um den Hals. Mit den beiden Pferden gingen sie weiter zu ihrer Taverne und brachten sie dort im Stall unter. „Morgen früh müssen wir beizeiten aufbrechen." sagte er zu ihr und sie nickte nur dazu. „Kannst du überhaupt reiten?" fragte er und schaute sie von der Seite aus an, bis hierher hatte er sie dies gar nicht gefragt und er schämte sich fast dafür. Mit einem Satz war Amara auf dem Rücken des im Stall angebundenen Pferdes und lächelte ihn an. „Ich habe es auf einem Esel gelernt." sagte sie stolz und sprang, wie der Blitz, wieder herunter.

Noch vor Sonnenaufgang waren sie aufgebrochen. Karl hatte die schwere Kiste an seinem Pferd fest gemacht und so ritten sie aus der Stadt hinaus. Es wurde ganz leicht dämmrig und die Sonne begann sich langsam am Horizont zu zeigen. Die Beiden mussten durch ein kleines Wäldchen und Amaras Pferd blieb nur kurz scheuend davor stehen, bevor es weiter ritt. Es hatte nur für einen Augenblick gescheut und doch hatte das gereicht, dass Karl einen kleinen Vorsprung vor ihr erhielt. Sie versuchte ihm so schnell wie möglich einzuholen, als sie sah, wie sich jemand von einem der Bäume auf Karl stürzte und ihn vom Rücken des Pferdes riss.

Im Galopp war sie zur Stelle und sprang noch während des Reitens ab. Sie sah, wie der Angreifer einen Dolch hob und trat ihm in den Rücken. Amara riss ihren eigenen Dolch aus dem Gürtel und stieß ihn dem Angreifer bis zum Griff in den Rücken. Der Mann schrie auf und irgendwie kam Amara diese Stimme bekannt vor. Sie bemerkte eine Bewegung hinter sich und zog den Dolch aus dem Rücken des Mannes, der daraufhin röchelnd zur Seite kippte. Sie fuhr herum und schlitzte mit dieser Bewegung dem zweiten Angreifer, der sich gerade auf sie stürze wollte, den Bauch auf. Der Mann fiel zur Seite und blieb liegen.

Den Dolch in der Hand, und wie eine Katze zum Sprung bereit, stand Amara da. Erst jetzt sah sie, dass es noch acht weitere Männer waren. Diese dachten sicherlich, mit einer Frau ein leichtes Spiel zu haben. Jeder Muskel in ihr spannte sich an und sie begann die Zähne zu fletschen, wie ein wildes Tier. Die Spitze des Dolches auf die Männer gerichtet stand sie da und die Männer wichen nun vor Angst zurück. Mittlerweile war Karl wieder auf die Füße gekommen und zog sein Schwert. „Bleib hinter mir." sagte er zu ihr, als er an Amaras Seite trat. „Das fällt mir doch im Traum nicht ein." presste sie durch die Zähne. „Es sind acht gegen mich." bestand Karl. „Nein, vier für jeden von uns." zischte Amara und machte einen Schritt auf die Männer zu, die immer weiter zurück wichen.

Mit einem Schrei stürzten die Beiden los und schon wenig später liefen die letzten zwei überlebenden Angreifer in wilder Flucht in das Wäldchen zurück. Es war nun schon so hell, das man auch die Männer liegen sehen konnte. Amara ging zum ersten Angreifer zurück. Er lag neben Karls Pferd und röchelte noch. Sie kniete sich vor ihn hin und drehte ihn um. „Severinus Lupus. Ich hoffe du hattest eine angenehme Nacht. Erkennst du mich?" fragte sie und sah die Angst in den Augen des Mannes. Er hatte schaumiges Blut vor dem Mund und röchelte immer noch. Sie zog den Dolch nach oben, bis er vor ihrer Brust war. Die Morgensonne spiegelte sich in der Klinge und mit einer schnellen, kreisenden Bewegung durchtrennte sie den Hals des Sklavenhändlers.

16. Kapitel

Erinnerungen an die Sklaverei

Karl schaute auf seine Frau herunter, die immer noch über dem Toten kniete. So hatte er sie noch nie gesehen. „Amara." sagte er leise und griff ihr an die Schulter. Er spürte die harten, angespannten Muskeln der Frau. Langsam löste sich die Anspannung bei ihr und sie stand auf. „Ich hatte solche Angst um dich." entfuhr es ihr und er sah die ersten Tränen über ihr Gesicht laufen. Der Dolch fiel zu Boden und er nahm seine Frau in den Arm.

Erst jetzt begann sie wirklich zu schluchzen. Karl drückte sie an sich und spürte die Bewegungen des Weinens bei ihr. Sie standen eine ganze Weile einfach nur so da, bis sich Amara wieder beruhigt hatte. Sie wischte sich die Tränen mit dem Handrücken ab, kniete sich hin, hob ihren Dolch auf und wischte ihn am Gewand des Severinus ab. Als sie den Dolch wieder in der Hand hatte war alle Angst von ihr gewichen.

Sie stand auf, steckte den Dolch weg und ergriff die Zügel ihres Pferdes, das neben ihr stand. Sie strich dem schwarzen Pferd beruhigend und liebevoll über die Nase. Karl rollte die acht Leichen in den Straßengraben und dann saßen sie Beide wieder auf. Karl drehte sich nach ihr um und Amara nickte ihm zu. „Alles gut." sollte das heißen. So schnell sie konnten verließen sie den Platz des Todes. Die kleine gepflasterte Straße führte weiter zur nächsten Stadt. Nun waren nur noch vereinzelte kleine Bäume neben dem Weg zu sehen. Hier konnte ihnen niemand eine Falle stellen.

Fast ohne ein Wort ritten sie den ganzen Tag in Richtung Norden. Sie kamen schnell voran und am Abend machten sie in einer Taverne

Rast. Erst jetzt am Ende des Tages fand sie die Gelegenheit über sich und Severinus zu reden. Es klang so fern und war doch erst ein paar Tage her. Ihr schien es eine andere Zeit und das war es wohl auch gewesen. Damals war sie eine Sklavin, nicht viel mehr Wert als eine Vase, jetzt war sie eine freie Frau und eine Ehefrau noch dazu. Karl legte ihr seine große Hand auf den Arm und sagte „Er hat es mehr als verdient."

Amara nickte zögerlich. Einer der Sklaven kam an den Tisch und brachte Brot, Fleisch und Wein. Amara sah ihn an und dachte daran, dass sie auch hier hätte enden können. „Ist sie noch weit weg, meine neue Heimat?" fragte sie und biss in das Brot. „Wir sind sicher noch zwei Monde unterwegs." sagte Karl und trank einen Schluck Wein. „So lange noch?" fragte sie und schaute auf ihre Hände, als wolle sie die Tage an ihren Fingern abzählen.

„Morgen müssen wir wieder früh aufbrechen. Lass uns ins Bett gehen." sagte Karl und streichelte ihre Hand. „Aber ich bin noch gar nicht müde." sagte sie mit einem vielversprechenden Lächeln. „Dann las uns erst recht ins Bett gehen." sagte er zur Antwort. Er hatte sie schon verstanden und sie nickte ihm lächelnd zu. Hand in Hand verließen sie den Schankraum und gingen zu ihrem Zimmer.

Die Morgensonne weckte sie. Wie immer hatte er seinen Arm um sie gelegt. Amara stand vorsichtig auf, um ihn nicht zu wecken. Sie wusch sich leise und zog sich an. Dann weckte sie ihn mit einem Kuss. „Wir müssen los, Liebster." flüsterte sie ihm ins Ohr. Er zog sie zu sich und küsste sie. Schnell stand er auf und machte sich für den Tag fertig. Heute prüfte er auch wieder sein Schwert. Es hatte vom Kampf am Vortag ein paar Kerben zurück behalten. Sorgsam schliff er sie mit einem Schleifstein weg.

Auch Amara prüfte ihren Dolch, doch seine Klinge war makellos. Sie wischte mit einem Tuch darüber und steckte ihn ein. „Können wir?" fragte sie und Karl stand auf. Er nickte, fuhr noch einmal über die Klinge des Schwertes und steckte es ein. Zusammen trugen sie die Kiste zu den Pferden und ritten los. Immer weiter ritten sie nach Norden, bis sie in der Stadt ankamen, in der Karl sie auf dem Markt aus ihrer Sklaverei freigekauft hatte.

Sie sah die Scheune sowie die kleine Holzbühne wieder und die furchtbaren Bilder der Fahrt in dem dunklen, stinkenden Wagen kamen in ihr wieder hoch. Noch einmal ging sie zu der Bühne, die im Moment Menschenleer war. Sie legte die Hand auf das Holz und dankte ihren Göttern für die Rettung. Karl legte ihr die Hand auf die Schulter und zusammen verließen sie diesen schlimmen Ort. „Ich war damals zwölf, als sie mich in meiner Heimat entführten." begann Amara zu erzählen „Zuerst war ich auf einer Plantage und habe Getreide angebaut für meine Herren. Es war eine schwere Arbeit und wir wurden oft geschlagen. Fast zehn Sommer habe ich dort gelebt bis mein Herr gestorben ist und die Herrin uns verkauft hat. Ich kam dann zur Villa meines neuen Herren, dort habe ich im Garten geholfen. Bis zu jenem Tag, als der Herr mich im Garten gesehen hatte. Der Träger meines Kleides war von der Arbeit verrutscht und er hat das sicher als Zeichen oder Aufforderung gedeutet." erzählte sie weiter.

„Wir Sklaven gehören unseren Herren. Egal was er mit uns machen will, wir müssen es ertragen. Ich habe immer wieder versucht ihm aus dem Wege zu gehen, bis zu jenem verhängnisvollen Abend. Das Ende der Geschichte kennst du ja, ich wurde hierher gebracht und du hast mich erlöst." Während sie das sagte waren sie wieder vor der Taverne angekommen, in der sie ihre erste freie Nacht verbracht hatte. Sie setzten sich auf die kleine Bank vor dem Haus. In einem Garten nebenan sahen sie zwei Sklaven, die damit beschäftigt waren

Blumen zu gießen und eine Hecke zurecht zu schneiden. Amara zeigte mit den Fingern dort hin. „Siehst du, das war ich einmal." „Ja, und jetzt bist du frei." setzte Karl hinzu. „Du wirst nie wieder für jemanden anderen arbeiten, immer nur noch für dich oder die Gemeinschaft." „Ich kann mir das noch immer gar nicht richtig vorstellen wie ihr so lebt. So ganz ohne Sklaven." sagte sie weiter. „Du wirst es erleben." erwiderte Karl, stand auf und nahm ihre Hand. Gemeinsam gingen sie in die Taverne hinein.

17. Kapitel

Der lange Weg in die Heimat

Immer weiter kamen sie nach Norden voran und schon bald waren sie an den Bergen angekommen. Amara legte den Kopf ins Genick, um die Spitzen der Berge zu sehen. „Die sind aber steil. Müssen wir da hoch?" fragte sie. „Ja. Morgen früh brechen wir auf. Heute Nacht bleiben wir in dieser Taverne." dabei zeigte er auf ein kleines Haus, das Amara noch gar nicht gesehen hatte.

Es stand mitten zwischen großen Bäumen. Sie gingen das letzte Stück zu Fuß. Es war noch heller Tag und die Sonne warf durch die Blätter der Bäume ihre Strahlen nach unten. „Hier ist alles groß. Die Bäume, die Berge und auch die Flüsse." sagte sie und zeigte auf einen Wasserfall, an dem das Wasser tosend über eine Kante nach unten fiel.

Karl wurde immer verschlossener. Er setzte sich auf eine Bank vor der Taverne. Das Pferd stand neben ihm. Als sich seine Frau zu ihm umdrehte sah sie die Sorgen in seinem Gesicht. „Was ist los?" fragte sie. „Ich weiß nicht, ob es richtig ist, dich mit in meine Heimat zu nehmen." antwortet er schließlich. Sie erschrak. „Warum?" fragte sie und schaute ihn an. Amara setzte sich neben ihn. „Willst du mich hier zurück lassen?" fragte sie weiter.

„Du weißt nichts von meiner Heimat. Vom Schnee, den hohen Bäumen. Vom Leben im Wald. Du bist dieses Leben gewöhnt." dabei zeigte er auf die weite Ebene, aus der sie gekommen waren. „Mein Leben ist nun bei dir. Egal wo du bist, da werde auch ich sein. Für immer. Erinnerst du dich?" dabei zog sie den Dolch. Karl nickte und ergriff ihre Hand. Er küsste sie und stand auf. „Du hast Recht. So soll es sein. Für immer. Lass uns hinein gehen." sagte er. „Zuerst kommen die Pferde in den Stall." sagte sie mit einem Lachen. „Und wieder hast du Recht." erwiderte er, nun ebenfalls lachend.

Am nächsten Morgen waren sie schon in aller Frühe aufgebrochen. Da sie mit den Pferden unterwegs waren kamen sie auch schnell voran. Die Strecke, die Karl damals mit dem Karren und seinem verletzten Freund Gerhard auf dem Hinweg gerade mal an einem Tag geschafft hatte, schafften sie nun zu Pferd in der Hälfte der Zeit. Als die Sonne hinter ihnen am höchsten Punkt stand zeigte Karl, auf dem Abstieg, auf das weite, grüne Land hinunter. „Meine Heimat." sagte er nur und Amara nickte staunend.

Mit Einbruch der Dunkelheit hatten sie eine kleine Taverne erreicht. Von da an ging es auf der anderen Seite der Berge weiter Richtung Norden und nach zwei Wochen sahen sie den Grenzwall, der sich zu beiden Seiten durch das Land zog, soweit das Auge reichte. Der Wirt begrüßte Karl am Eingang seiner Schänke. „Wie ist es dir ergangen mein Freund?" fragte der Wirt. „Ich habe meine Freunde verloren und meine Frau gefunden." antwortete Karl und zog seine Amara zu sich. „Dann gebe ich euch mein bestes Doppelzimmer." sagte der Wirt mit einem Lächeln und winkte einen der Sklaven heran.

Zum Essen setzte sich der Wirt mit an den Tisch und wollte alles über die Reise wissen. „Hast du meine Sachen noch?" fragte Karl am Ende des Essens. „Ja, die von Gerhard auch." „Die werde ich für Amara umarbeiten lassen." sagte er und auf den fragenden Blick seiner Frau hin erklärte er ihr „Deine schönen Kleider kannst du behalten, aber im Wald musst du etwas anderes anziehen." sie nickte und schaute auf den bunten Stoff des Kleides.

„Warst du den schon mal in einer Therme?" fragte er sie und sie schüttelte den Kopf. „Als Sklavin hätte ich zwar durchaus gedurft, aber meine Herrschaft ließ mich nicht hinein und auf unserem Ritt hatten wir bisher keine Zeit dafür gehabt." „Dann gehen wir jetzt noch in die Therme." sagte Karl und stand auf. Er ergriff ihre Hand und zusammen verließen sie die Taverne. Es war kein weiter Weg bis zu dem Gebäude. Von überall sah Amara Menschen in die gleiche Richtung gehen.

Sie betraten den Vorraum und Karl begann sich auszuziehen. Sie zögerte einen Moment und streifte dann ihr Kleid ab. Ein Sklave kam, er brachte Tücher und holte die Sachen. Amara wollte den Dolch nicht hergeben, aber Karl redete ihr gut zu. „Hier ist niemand bewaffnet." „Da sieht aber auch niemand, dass ich eine freie Frau bin. Vielleicht hält mich jemand für eine Sklavin." „Bleibe einfach bei mir." sagte Karl und schlang ihr das Tuch um die nackten Hüften. Sie gab den Dolch ab, die Münze hatte sie aber um den Hals gelassen und der Sklave verschwand mit ihren Sachen.

Zusammen betraten sie den großen Raum und Karl erklärte ihr, wo der Bereich für die Frauen und die Männer war. Sie blieben zusammen im gemischten Bereich um das große Becken herum. Karl legte das Tuch ab und setzte sich ins flache Wasser. Sie folgte ihm und setzte sich neben ihn. Er winkte einen Sklaven herbei, der einen Teller Trauben trug. Karl stellte den Teller auf den Beckenrand neben sich und gab Amara eine Traube.

„Das Wasser ist schön warm" sagte sie und lehnte sich zurück. „Möchtest du dich mit Ölen einreiben lassen?" fragte er und sie nickte „Gern." sagte sie und erhob sich. Gemeinsam stiegen sie aus dem Wasser und trockneten sich mit den Tüchern ab. Zusammen gingen sie nackt ein paar Schritte bis zu einer Bank. Amara legte sich darauf und eine Sklavin rieb sie mit wohlriechenden Ölen ein. Dann legte sich Karl auf die Bank und als die Sklavin beginnen wollte schob sie Amara zur Seite.

„Du machst die Arbeit einer Sklavin." sagte Karl, als sie anfing ihm das Öl einzumassieren. „Nein, ich mache die Arbeit einer Frau." erwiderte sie und Karl lächelte. Als sie fertig war stand er auf und küsste sie. Ein anderer Mann kam und wollte sich von Amara ebenfalls einölen lassen, doch sie schüttelte nur den Kopf. Der andere Mann packte sie am Arm. „Lass meine Frau los." sagte Karl, doch der andere machte keine Anstalten sie loszulassen. Es gab nur ein kurzes Handgemenge und wenige Augenblicke später landete der andere Mann mit einem platschenden Geräusch im großen Becken. Karl hatte ihn die kurze Strecke dorthin geworfen.

Zusammen mit seiner Frau verließ er den Bereich und ging sich wieder am Eingang anziehen. Amara hatte ihren Dolch wieder und fühlte sich damit viel besser. Dann verließen sie Hand in Hand das Badehaus.

18. Kapitel

Zurück im Wald

Auf dem Weg vom Badehaus zurück zur Taverne hörten sie ein leises, klägliches Winseln. Sie folgten dem Geräusch und fanden, in einer Seitengasse, einen verletzten, großen Hund. Sein Fell war schwarz und er hatte große Zähne. Er fletschte sie und knurrte Karl an, als dieser sich ihm näherte. „Das ist ein Hund der Legion. Sie werden zum Kampf ausgebildet und eingesetzt." stellte Karl fest. Amara kniete sich neben den Hund und er wurde ruhig. Sie legte ihre Hand auf seinen Kopf und sagte etwas in einer fremden Sprache.

Die Frau schaute sich die Verletzung an. Sie stammte bestimmt von einem Kampf mit einem anderen Hund. Am Hinterlauf hatte er eine stark blutende Wunde. Amara stand auf und sah ihren Mann an. „Wir nehmen ihn mit. Hier stirbt er. Haben wir noch Zeit?" fragte sie. Karl schaute nach oben. „Ein oder zwei Wochen können wir noch warten, dann müssen wir los." „Gut, du darfst ihn jetzt anheben." sagte sie ihrem erstaunten Mann und der Hund ließ sich ohne einen Laut von ihm anfassen.

.Karl trug den Hund in die Taverne, wo er ihn in ihrem Zimmer auf eine Decke am Boden legte. Ein herbei gerufener Medicus schüttelte nur den Kopf und ging wieder, ohne den Hund auch nur angefasst zu haben. „Ich glaube nicht, dass wir ihn retten können." sagte Karl, doch seine Frau zeigte auf ihre Hüfte und antwortete „Ich habe damals viel von der Frau gelernt, die meine Wunde geheilt hat. Wir brauchen erst mal ein sauberes Tuch. Holst du bitte eins? Ich bin gleich wieder da." dabei verließ sie das Zimmer, ohne eine Antwort ihres Mannes abzuwarten.

Der Mann hatte sich ein großes Tuch geholt und war gerade in das Zimmer zurückgekehrt, als seine Frau hinter ihm den Raum betrat. Sie hatte einen Arm voller Kräuter, die sie nun sortierte. „Zerreiß das Tuch in lange Streifen." sagte sie und legte die ersten Kräuter auf die Wunde. Karl reichte ihr einen Streifen und Amara verband den Hund. Bereits kurz danach war die Blutung gestillt. Von Zeit zu Zeit legte sie Kräuter nach und verband den Hund neu.

Am nächsten Morgen begann der Hund zu saufen und zu fressen. Am Abend des zweiten Tages hinkte er schon im Zimmer umher. In der Zwischenzeit hatte die Schneiderin, die Karl über den Wirt beauftragt hatte, aus Gerhards Sachen ein Kleid für Amara gemacht, was diese dann anprobierte. Der derbe Stoff war ganz anders, als das, was sie bisher als Kleidung gewohnt war. Der Rock war lang und schwer. Nicht mehr das luftige Sommerkleid, das sie bisher getragen hatte. „Das ist ja so Dunkel." sagte sie, als sie die braunen Sachen im Spiegel sah. Nicht mehr weiß und rosa sondern braun und schwarz.

„Jetzt siehst du wie eine Frau aus meinem Volke aus." sagte Karl. „Nicht ganz." antwortete sie und fuhr mit den Fingern durch ihr schwarzes, langes Haar. „Soll ich mir Zöpfe machen?" fragte sie, aber er schüttelte den Kopf. „Ich mag es, wenn du dein Haar offen trägst." war seine Antwort. Mit dem Hund gingen sie in der Siedlung umher. Der hinkte zwar noch etwas, aber nicht mehr so stark. „Morgen können wir los." sagte Amara und strich dem Tier mit der Hand über den Kopf. Das riesige Tier, das ihr bis zur Hüfte ging, ließ sich das gern gefallen.

„Dann wird das für lange Zeit unsere letzte Nacht in einem Bett werden." sagte er und schaute sie lächelnd von der Seite aus an. „Na dann los." gab sie lachend zurück und sie gingen schnell zur Taverne zurück. Am nächsten Morgen waren sie schon früh wach, aber geschlafen hatten sie sowieso nicht viel in dieser Nacht. Die beiden verabschiedeten sich beim Wirt und gingen, mit dem Hund vor sich und den beiden Pferden am Zügel hinter sich, auf das Tor zu.

Der Hund knurrte die Soldaten an und diese ließen Karl und Amara ohne große Kontrolle passieren. Sie gingen über den gerodeten Streifen bis zur Waldkante. Der Mann legte seine Hand an den ersten Baum des Waldes. Amara schaute nach oben. „Die sind aber groß." sagte sie erstaunt. „Willkommen in meiner Heimat." sagte Karl und half seiner Frau beim Aufsteigen, dann saß er selbst auf dem Pferd auf. Sie ritten langsam in den Waldweg hinein. Der Hund sollte sich erst an das Laufen gewöhnen. Ab dem zweiten Tag wollten sie dann schneller reiten.

In der Nacht blieben sie auf kleinen Lichtungen im Wald oder in Siedlungen, die am Wege lagen. Da sie den Hund dabei hatten, konnten sie auch in der Nacht im Wald etwas zur Ruhe kommen. Der Hund war als Wächter sehr gut geeignet, er meldete jeden Ankömmling mit einem Knurren und so waren sie jederzeit gewarnt, auch wenn sie ruhten. Nach ein paar Tagen hatte sich Amara an den Wald gewöhnt. Da sie fast immer im Dunkel des Waldes ritten war es hier deutlich kälter, als auf der anderen Seite des Grenzwalles. Nun konnte sie auch die dickeren Sachen verstehen, die ihr Karl gegeben hatte. Am liebsten hätte sie sich noch eine zweite Jacke übergeworfen. Sie war ein Kind der Sonne und in ihrer afrikanischen Heimat war es wesentlich wärmer gewesen.

In den Dörfern, in denen sie Rast machten, wurde sie zu Beginn oft komisch angesehen, da sie ja eine deutlich dunklere Hautfarbe hatte, als die Dorfbewohner, aber als diese dann den Dolch an ihrer Seite sahen, war sie als Mitbewohnerin immer herzlich willkommen geheißen worden. Die Freundlichkeit der Frauen in den Dörfern machte sie oft sprachlos. So etwas war sie aus dem römischen Reich nicht gewohnt, dort ging man sofort auf Distanz zu allen Fremden, hier wurde sie sofort an die Tafel gebeten und es wurde die Speise auch sofort mit ihr geteilt.

Da sie mit den Pferden unterwegs waren kamen sie auch schneller voran, als Karl mit seinen beiden Freunden und dem Wagen auf dem Hinweg gefahren war. Nach nur drei Wochen hatten sie das Dorf ihrer neuen Heimat erreicht. Vor Amara tat sich eine große Lichtung im Wald auf. Hinter einer mannshohen Hecke sah sie etwas zwanzig Dächer. Einige waren kleiner und ein paar Häuser schienen größer zu sein. Am Waldrand angekommen stieg Karl vom Pferd und auch seine Frau stieg ab. Die beiden Pferde am Zügel hinter sich herführend gingen sie die letzten Schritte bis zum Eingang in der Hecke. Ein paar Kinder kamen ihnen schon entgegen gelaufen und begrüßten sie stürmisch.

19. Kapitel

Einfaches Leben

Zusammen traten sie vor Karl Elternhaus. Seine Mutter kam aus dem Dunkel der Hütte heraus und begrüßte ihren Sohn. Er stellte ihr Amara vor und auch sie wurde mit einer Umarmung herzlich willkommen geheißen. Sie betrachtete Amara und sagte „Du bist aber schmal." Auf ihre Hüften zeigend sagte sie weiter „Das wird schwierig mit den Kindern." Gundels Hüften waren bestimmt doppelt so breit, wie die von Amara und sie antwortete nur „In unserem Volk sind fast alle Frauen so schmal." Gundel nickte und sie gingen durch die Tür des Hauses.

Während Karl die beiden Pferde in den nebenan liegenden Stall brachte, zeigte Gundel, Karls Mutter, ihrer Schwiegertochter das ganze Haus. Es war ein größeres Haus und war in verschiedene Bereiche unterteilt. Amara hatte auf der Reise hier her auch welche gesehen, die nur aus einem Raum bestanden hatten.

Im vorderen Bereich waren die gemeinschaftlichen Räume, wie Küche und Speisezimmer. Im Bereich dahinter waren die einzelnen Zimmer, in denen Karls Schwester, seine Mutter und er selbst lebte. Sie betraten als letztes auch Karls Zimmer und dieses würde von nun an auch Amaras kleines Reich sein. Zumindest so lange, bis Karl sich ein eigenes Haus bauen würde. Als verheiratetem Mann stand ihm das zu, es sei denn, er übernahm als Familienoberhaupt dieses Haus, da sein Vater vor ein paar Jahren im Wald umgekommen war und er der älteste Sohn des Hauses war.

Als sie ihre Taschen auspackte trat Karl in das Zimmer. „Ich hätte dich gern in das Zimmer getragen, aber du bist ja schon drin." sagte er freundlich zu ihr „Wie gefällt dir dein neues Zuhause?" fragte er weiter. „Es ist schön." antwortete sie „Nur das Bett ist für zwei ein wenig zu schmal." setzte sie mit einem Lächeln dazu. „Da werden wir uns etwas zusammenkuscheln müssen und morgen baue ich uns ein breiteres." erwiderte er, ebenfalls mit einem Lächeln. „Hast du schon alle kennen gelernt?" fragte er sie und Amara schüttelte den Kopf „Nein, nur deine Mutter." „Die anderen sind bei der Arbeit und du wirst sie sicher heute Abend beim Essen treffen." antwortete er, während er die Münzkiste öffnete.

„Ich muss einen Teil davon an die Familien von Gerhard und meinem anderen Freund übergeben, die ja nicht wieder von der Reise zurückgekommen sind. Hilfst du mir dabei?" sagte er und sie antwortete „Natürlich mache ich das gern." Zusammen zählten sie einen nicht unerheblichen Betrag der Münzen auf zwei kleine Häufchen und füllten sie dann in kleine Säckchen ab. Zusammen verließen sie die Hütte und gingen über den großen freien Platz im Zentrum der Lichtung zu zwei Häusern, die dem Ihrigen genau gegenüber lagen. Bei beiden Familien wurde Amara sofort umarmt und auch wenn der Schmerz um die verlorenen Männer groß war, so war doch die Herzlichkeit der Frauen ungetrübt.

Als sie wieder auf den freien Platz traten sagte Karl „Ein paar Grundsätze gibt es für unser Leben hier. Die meisten wirst du nach und nach erlernen, aber einer ist für dich wichtig und du musst ihn ab sofort befolgen. Er kann über Leben und Tod entscheiden, also denke immer daran." Sie sah ihn fragend an und er setzte fort „Du siehst diese Hecken, die rund um unsere Häuser gezogen ist?" und sie nickte „Du darfst sie nie alleine überschreiten, egal ob Tag oder Nacht. Dort draußen beginnen der Wald und die Wildnis. Wenn dir dort etwas passiert und du bist allein, so stirbst du." schloss er seine Ansprache ab. Sie waren an ihrem Haus zurückgekommen und der Hund saß vor dem Eingang. „Und wenn ich mit ihm gehe?" fragte Amara und schaute ihren Mann an. „Nein, wenn du stolperst und hinfällst, wie soll er dir helfen? Nur in der Gemeinschaft können wir überleben. Auch die Jäger gehen niemals alleine aus dem Dorf hinaus. Innerhalb der Hecke kannst du dich frei bewegen, aber außerhalb musst du immer erst jemanden fragen, der dich danach begleitet." Sie nickte verstehend.

„Ich habe noch viel von deiner Welt zu lernen." sagte sie schließlich. „Schau uns einfach zu und das geht dann wie von selbst." antwortete er. „Noch eine Frage." hielt ihn Amara zurück „Was kann ich den hier tun? Getreide habt ihr ja keins, wie ich gesehen habe." „Wir werden heute Abend alle zusammen beraten, was du tun kannst. Du kannst ja erst mal bei jedem mitmachen und dich dann später entscheiden, wo du bleiben möchtest." antwortete er und sie gingen in das Haus zurück. Draußen wurde es langsam dämmrig und die Hausbewohner kamen alle von der Arbeit zurück. Karl hatte fünf Schwestern, wovon eine, Sigrun, ein Jahr älter als Karl war und die anderen jünger als Amara. Auch einen jüngeren Bruder hatte Karl, der gerade einmal zwölf war.

Alle setzten sich zusammen an den Tisch im vorderen Bereich. Von allen wurde Amara herzlich in der Familie willkommen geheißen, nur Sigrun hielt sich etwas zurück. Amara spürte die Distanz, mit der sie Karl ältere Schwester behandelte, sie wollte aber nicht schon am ersten Abend die ältere Frau zur Rede stellen. Aber auch Gundel hatte das Verhalten ihrer Tochter bemerkt. Am Ende des Essens schlug sie mit der Faust auf den Tisch. „Ich habe mir das nun lange genug angesehen. Sigrun, du weißt was die Götter uns aufgetragen haben. Ein jeder, der in unserem Haus wohnt und unser Brot mit uns isst soll bei uns willkommen sein. Er gehört zu uns und wenn du das nicht akzeptieren kannst so steht es dir frei das Haus zu verlassen." sagte die ältere Frau und zeigte auf die Ausgangstür. „Aber sie sieht so anders aus." erwiderte Sigrun und legte ihre helle Hand auf Amaras Arm, um den Unterschied deutlich zu machen.

„Hast du mich nicht verstanden?" fragte Gundel nun sichtbar zornig. Sigrun nickte und umarmte Amara „Tut mir leid." sagte sie zu ihr. Amara nickte nur und war dankbar dafür, dass sie mit ihrer Schwiegermutter eine solch starke Fürsprecherin in der Familie und der neuen Heimat hatte. „Was soll ich denn nun aber machen?" fragte Amara zum Schluss. Sigrun antwortete ihr „Komm doch morgen mit mir in den Stall zu den Kühen. Da kannst du mir helfen." Amara nickte „Gern. Danke dir." sagte sie und alle gingen für die Nacht in ihre Zimmer.

20. Kapitel

Die Gemeinschaft des Waldes

Noch vor Beginn der Dämmerung hatte Sigrun Amara aus ihrem Zimmer abgeholt. Gemeinsam gingen sie aus dem Haus zum Stall. Es waren nur ein paar Schritte, da Haus und Stall mit einer Seite zusammenstießen und im Winkel zueinander gebaut waren. Ein kleiner freier Hof lag davon und auf der anderen Seite war ein kleinerer Stall mit einem Gatter davor. „Da drin sind unsere Schweine." sagte Sigrun und zeigte auf das Gatter. „Und hier unsere Kühe." erklärte sie weiter, während sie das Tor öffnete.

Im Schein der aufgehenden Sonne sah Amara vier Kühe in dem Stall stehen, welche die beiden Frauen mit einem mehrstimmigen „Muh." begrüßten. „Zuerst werden wir sie melken. Kannst du das?" fragte Sigrun und Amara nickte. Sie nahm einen der Eimer und begann an der ersten Kuh. Sigrun nickte und ging zur nächsten. Als die beiden Eimer voll waren gab Sigrun ihr eine Schaufel. „Und nun muss der Mist raus. Die Männer kommen dann und bringen die Kühe in den Wald, dann streuen wir wieder ein." Zusammen schafften sie den Kuhdung der Nacht in eine Ecke des Hofes. „Und nun die Schweine." sagte Sigrun, nachdem drei Männer die Kühe geholt hatten. „Die Jungen kommen dann und führen die Schweine ebenfalls in den Wald." Wenig später kamen ein paar halbwüchsige Jungen aus dem Dorf, um die Schweine zu holen.

Nun hatten die beiden Frauen ein paar Augenblicke zum Verschnaufen. „Du arbeitest gut." sagte Sigrun anerkennend. „Ich habe mein ganzes Leben nichts anderes gemacht." entgegnete Amara. „Aber hier ist das irgendwie anders." erzählte sie weiter „Früher stand jemand mit der Peitsche hinter mir. Und da hätte ich jetzt schon die ersten Schläge erhalten." Sie sah den fragenden Blick Sigruns und begann weiter zu erzählen „Ich habe viele Jahre auf einer Plantage gearbeitet. Die Aufseher waren immer hinter uns. Einmal hat einer einen Sklaven totgeschlagen, weil dieser den Wassereimer umgestoßen hatte. Der Aufseher musste nur den Sklaven ersetzen, sonst ist ihm nichts passiert." Sigrun zog die Augenbrauen hoch. Amara zeigte auf Sigruns blonden Zopf. „Von deinen Zöpfen hätte er ihn sicher bezahlen können." Sie schüttelte den Kopf und die blonden Haare flogen hin und her. „Wie hast du das ausgehalten?" fragte sie Amara.

„Ich kannte es nicht anderes. Seit sie mich vor mehr als zehn Jahren geraubt hatten, war ich Sklavin. Jeder darf mit Sklaven alles machen, was er will. Nur wenn er einen tötet, so muss er ihn ersetzen." Zusammen gingen sie in den nun leeren Kuhstall zurück. Beim Einstreuen fragte Amara „Was macht ihr eigentlich mit der Milch?" „Wir trinken sie." antwortete Sigrun. „Ich vertrage keine Milch. Da wird mir immer schlecht. Aber Käse mag ich. Habt ihr hier welchen?" fragte sie Sigrun, aber die schüttelte den Kopf „Leider nicht. Karl hat mir mal von einer Reise einen Käse mitgebracht. Der war richtig gut." „Wenn du möchtest kann ich uns Käse machen. Ich weiß wie das geht." erwiderte Amara „Soll ich?" „Was brauchst du dafür?" erwiderte Sigrun schnell. Der Gedanke an den leckeren Käse hatte ihr das Wasser im Munde zusammen laufen lassen. „Einen Bottich, Milch, ein Tuch und Zeit." „Das haben wir alles hier, der Bottich steht da in der Ecke. Wenn du das hinbekommst, dann wirst du in unserem Dorf für den Käse zuständig sein. Schwester." Amara blickte auf und lächelte „Schwester hat sie gesagt." dachte sie glücklich.

Zur selben Zeit kniete Karl im Wald vor einer Lichtung. Er hatte den Pfeil angelegt und wartete auf den Marder, der gerade in seiner Höhle verschwunden war. Das Fell des kleinen Tieres war bei den Römern sehr beliebt. Karls Freund Armin stand ein paar Schritte hinter ihm und beide hielten den Atem an. Vor ihnen knackte es im Unterholz und genau zwischen der Spitze des Pfeils und dem Eingang des Marderbaues schob sich ein großes Wildschwein schnüffelnd auf die Lichtung hinaus. Es blieb genau in Schussrichtung stehen und Karl ließ den Pfeil los. Mit einem Surren flog das Geschoß die zehn Schritt bis zur Seite des Schweins. Genau in dem Moment, wo der Pfeil hätte treffen müssen, trat das Schwein einen Schritt vor und der geflügelte Schaft des Pfeiles bohrte sich eine Handbreit hinter dem Herzen in die Seite des Tieres. „Mist." konnte Karl gerade noch denken, als das Schwein in seine Richtung drehte und losstürmte. Karl ließ sich fallen und zog sein Schwert.

Mit einem Getöse traf das Schwein auf den Baum, an den sich Karl angelehnt hatte. Wenn er jetzt noch gestanden hätte, so hätte ihn das Schwein mit den Hauern voll erwischt gehabt. Das Wildschwein wurde von dem Baum abgelenkt und sauste an Karl vorbei, der mit dem Schwert in die Seite des Keilers stieß. Mit einem Quicken brach das Tier zusammen. Als Karl sich aufrichten wollte merkte er, dass das Tier sein Bein gestreift hatte. Er setzte sich an den Baum und verband sich das Bein. „Was machen wir mit dem Schwein?" fragte sein Freund. „Können wir das nicht hinter uns her ziehen?" fragte Karl und Armin machte sich auf, um ein paar starke Äste für eine Schleppe zusammen zu fügen. Gemeinsam wuchteten sie den Keiler auf die Schleppe. Armin stützte seinen Freund und zusammen zogen sie das Tier in Richtung Dorf.

Von der Tür des Schweinestalles aus konnte Amara den Eingang des Dorfes sehen und sie sah auch den auf seinen Freund gestützten Mann nach Hause kommen. Sie ließ die Schaufel fallen und lief auf ihn zu. Sie stützte ihren Mann von der anderen Seite und brachte ihn ins Haus. Am Tisch im Vorraum sah sie sich die Wunde an und verschwand kurz aus dem Haus, nur um kurze Zeit später mit ein paar Kräutern wieder zurück zu sein. Schnell verband sie die Wunde neu und ließ ihn das Bein hochlegen. Bis zu diesem Moment hatte Karl keine Schmerzen gehabt, die setzten nun erst ein, als er in dem Haus zur Ruhe kommen konnte.

Am Abend setzte sich Amara zu ihrem Mann an das Bett. Nachdem sie seine Wunde frisch verbunden hatte sagte sie „Es ist wieder Vollmond und meine Blutungen sind noch immer nicht da. Ich glaube wir bekommen im nächsten Sommer ein Kind." Karls Schmerzen waren für einen glücklichen Moment vollkommen vergessen.

21. Kapitel

Der erste Schnee

Es waren ein paar Wochen ins Land gegangen und Amaras Bäuchlein begann sich gerade etwas zu wölben als sie beim Verlassen des Hauses an der Tür stehen blieb. Sigrun, die hinter ihr stand, schaute über ihre Schulter. „Der erste Schnee ist da." rief sie in das Haus hinein. Amara machte einen Schritt nach vorn und schaute auf das Dorf, das am Abend zuvor noch ganz anders ausgesehen hatte. Sie hielt die Hand auf und eine Flocke fiel hinein. Sie schaute zu wie der Schnee in ihrer Hand langsam schmolz.

Sigrun schaute sie von der Seite aus an, während die Kinder an den Beiden vorbei sausten und sich durch den Schnee jagten. „Du hast noch nie Schnee gesehen. Oder?" fragte sie und Amara nickte. „Ich habe schon mal davon gehört, aber so richtig gesehen gerade erst jetzt." „Das wird noch viel mehr." sagte Sigrun und ging zum Stall hinüber. „Wieviel mehr?" rief Amara ihr hinterher und Sigrun drehte sich um. „Außerhalb des Dorfes sicher bis zur Oberkante der Hecke. Hier drin bis zur Hüfte." „So viel." sagte Amara leise und mehr zu sich selbst. Sie schaute nach oben und sah die grauen Wolken über dem Dorf, aus denen immer mehr Flocken auf sie herunter fielen. Vorsichtig ging Amara durch den rutschigen Schnee zum Stall hinüber, der Freundin hinterher.

„Wieso freust du dich über den Schnee?" fragte sie während der Arbeit und Sigrun schaute kurz auf. „Das ganze Jahr haben wir immer Arbeit. Es bleibt nicht viel Zeit zum Feiern, zum Reden und zum einfach Spaß haben. Aber wenn der Schnee liegt, dann setzen wir uns in die große Hütte, feiern den Abschluss des alten Jahres und den Beginn des nächsten. Die Männer bleiben im Dorf und wir Frauen haben Zeit zum Reden." erklärte die Frau und Amara nickte. „Also ist

Schneezeit bei euch Feierzeit." „Genau." sagte Sigrun und arbeitete weiter.

In den ersten paar Tagen, als der Schnee noch nicht so hoch lag, gingen die Männer noch zur Jagd. Viele Tiere hatten jetzt die besonders beliebten und daher auch besonders wertvollen Winterpelze. Aber als es fast zwei Wochen lang geschneit hatte, war das Verlassen des Dorfes fast unmöglich geworden. Innerhalb der Umzäunung waren schmale Gänge zwischen den Hütten und den Ställen ausgehoben worden und Amara trug jetzt ganz besonders dicke Sachen. Sie war die Kälte noch nicht gewohnt und fror ziemlich oft.

An einem Tag wurde, kurz nach Sonnenaufgang, in einem der Ställe ein Schwein geschlachtet und für den Spieß vorbereitet. Alle aus dem Dorf hatte Holz zusammen getragen und neben der großen Hütte, in der Mitte des Dorfes, ein großes Feuer gemacht. Danach brachten alle aus ihren Hütten Speisen und Getränke in die Hütte hinein, bevor sie sich an ihre täglichen Arbeiten machten. Zwei Männer drehten abwechselnd das Schwein über dem Feuer und einige Kinder schauten ihnen dabei zu. Am Abend würde es mal wieder richtig viel Fleisch geben und der Duft des Bratens zog durch das ganze Dorf.

Als die Täglichen Arbeiten beendet waren trafen sich alle Bewohner nach und nach, zuerst am Feuer um das Schwein zu bestaunen, und dann in der Hütte, in der Gundel den ganzen Tag schon das große Feuer geschürt hatte und wo es mollig warm war. Alle setzten sich an den langen Tisch und ein paar Männer hatten auch Instrumente dabei, mit denen sie begannen Musik zu machen. Nachdem die ersten Krüge Bier getrunken waren, wurde die Stimmung immer ausgelassener. Die ersten Paare begannen zu tanzen. Auch Karl nahm seine Amara in den Arm. Neben ihnen tanzte Sigrun mit Karls besten

Freund Armin und man konnte deutlich sehen, dass sich da auch gerade etwas entwickelte.

Die Feier ging bis spät in die Nacht und wurde am nächsten Abend fortgesetzt. Am Tag die Arbeit mit den Tieren und am Abend die Feier. So ging das sieben Tage lang. Was am ersten Abend mit einem Tanz zwischen Armin und Siegrun begonnen hatte führte dazu, dass die Beiden nach dem letzten Abend bekannt gaben, dass sie nun Mann und Frau waren. Am nächsten Tag, mit dem Beginn des neuen Jahres, zog Armin bei Sigrun in dem Haus mit ein. Amara freute sich für die Freundin und beglückwünschte sie als erste zu ihrem neuen Glück. Die Freundschaft zwischen den beiden Frauen wurde immer tiefer.

In dem kleinen Dorf hatte sich auch herum gesprochen, dass Amara sich mit Kräutern gut auskannte. Sie hatte im Herbst noch viele davon getrocknet und nun im Winter, da die Menschen zur Ruhe kamen, nahm natürlich auch die Wehleidigkeit der Menschen zu. Das ganze Jahr über hatten sie so mit der Arbeit zu tun, dass sie selbst nicht gemerkt hatten, wo und wie es in den Knochen zog. Nach ihrer Arbeit im Stall und nach der Käsekontrolle, die sie immer noch machte, wurde sie deshalb immer wieder von den Frauen des Dorfes aufgesucht. Den meisten konnte sie durch ihre Kräuterkenntnisse helfen. Eines Abends musste sie ihre erste Geburtshilfe leisten und sie erinnerte sich, was sie damals bei ihrer Mutter gelernt hatte.

Es war schon sehr lange her, aber Amara hatte fast nichts verlernt. Da die Frau aber auch schon ihr fünftes Kind erwartete, war es für die Helferin auch etwas einfacher. Nach nur ein paar Stunden konnte sie die kleine Tochter in den Arm ihrer erschöpften Mutter drücken. An diesem Abend begann sie sich ernsthafte Sorgen zu machen. Sie legte ihre Hände auf ihren Bauch, der noch nicht so groß, aber doch schon-

leicht gewölbt war und setzte sich an den Tisch ihres Hauses. Sie schaute auf Sigrun, die gerade zur Tür hereinkam und dann auf Gundel die links neben ihr stand. Alle Frauen hier im Dorf hatten breite Hüften und hinter den meisten von ihnen hätte sich Amara ohne Problem verstecken können. Zur Beruhigung dachte sie aber danach gleich wieder an ihre eigene Mutter, die in ihrer Erinnerung genauso schlank war, wie sie jetzt. Und die hatte, bis zu Amaras Entführung, ohne Probleme fünf Kinder auf die Welt gebracht.

Ein kleiner Rest eines Zweifels blieb aber in ihr zurück und Sigrun merkte, dass die Freundin bedrück war. Sie kam herüber und nahm Amara in den Arm. „Wir schaffen das." sagte sie, sie hatte die Angst der Freundin deutlich gespürt. Amara nickte glücklich und dankbar.

22. Kapitel
Ein großer Kampf

Mai war es geworden und Amara stand an der Tür des Hauses. Sie schaute auf die grünen Blätter der Bäume rund um ihr Dorf. Endlich wurde es wieder so warm, das man auch ohne wärmende Jacke das Haus verlassen konnte. Sie genoss die ersten Sonnenstrahlen des Tages, bevor sie sich wieder mit Sigrun in den Stall schob. Von gehen war schon seit ein paar Tagen keine Rede mehr, denn ihr Bauch wölbte sich immer weiter vor und behinderte die junge Frau bei der täglichen Arbeit doch schon sehr.

Im März war Karl wieder aufgebrochen, um an der Grenzstation die Felle des Winters gegen Münzen einzutauschen und in etwa einem Monat, also pünktlich zur Geburt ihres Kindes, sollte er wieder zu Hause sein. Amara hatte gerade den Eingang des Stalles erreicht, als sie mit einem Schrei zusammen rutschte. Sie stemmte sich gegen die Eingangstür und hielt sich ihren Bauch. Vollkommen unvorbereitet hatte sie die erste Wehe zu Boden gezwungen. „Das ist zu früh." presste sie durch die Zähne. Sigrun kam schnell zu ihr gelaufen und als die Wehe abgeklungen war half sie ihr wieder auf die Beine.

Auf die Freundin gestützt schaffte es Amara gerade mal ins Haus, bevor die zweite Wehe sie durchzuckte. Sie krallte sich in Sigruns Schulter und es schnürte ihr fast die Luft ab. Wenig später lag sie auf dem Tisch und betastete ihren Bauch, bevor die nächste Wehe sicher gleich kommen würde. „Es hat sich nicht richtig gedreht." stöhnte sie „Mein Kind liegt Quer." Gundel und Sigrun sahen sich an, zu oft hatten sie schon Frauen daran sterben sehen. Nach stundenlangem Kampf hatten die Frauen einfach keine Kraft mehr und verstarben. Sollte das bei Amara nun auch so sein? Die nächste Wehe kam schneller als die beiden zuvor. Vor Schmerzen krümmte sich Amara auf dem Tisch und keine der Frauen wusste, wie sie ihr helfen konnten.

Amara musste einen Entschluss fassen, bevor sie vielleicht die nächste Wehe töten würde. Sie holte Sigrun zu sich und flüsterte mehr als das sie es sagte. „Hole deine kleine Schwester Bärlinde. Sie muss uns helfen. Schnell!" dann fiel sie auf den Tisch zurück. Sigrun rannte aus dem Haus und war schon nach wenigen Augenblicken zurück, genau in dem Moment als die nächste Wehe bei Amara einsetzte. In die Wehe hinein presste Amara durch die Zähne „Bärlinde, wasch dir die Hände und öle sie dir ein." Dabei zeigte sie auf eine Flasche mit Öl, die sie aus Rom mitgebracht hatten. Schnell erledigte Bärlinde die aufgetragenen Tätigkeiten, während sich die Frau auf dem Tisch vor Schmerzen krümmte.

Schnell erklärte Amara ihren Plan. „Bärlinde, du greifst in mich hinein und ziehst am Arm meines Kindes. Und wir Zwei" dabei zeigte sie auf sich und Sigrun „drücken von außen gegen. Nach der nächsten Wehe muss alles sehr schnell gehen und danach kann das Kind auf die Welt kommen. Verstanden?" Bärlinde war etwas ängstlich, nickte aber. Auch Sigrun nickte und schickte Bärlinde an die nötige Position, als auch schon die nächste Wehe kam. Noch in die Wehe hinein schrie Amara „Bereit?" und als sie das Ende der Wehe spürte schrie sie „Los!" zugleich versuchten die drei Frauen das Kind zu drehen und für einen Moment passierte nichts.

Der Schweiß stand schon in Amaras Gesicht und sie war durch die Anstrengungen geschwächt. Mehr als drei solcher Wehen würde sie nicht mehr überstehen. Von der anderen Seite griff nun auch Gundel zu und zu Dritt gaben sie dem Kind einen Schubs, so dass Bärlinde das Kind ein Stück ziehen konnte. Sie zog die Hand heraus und das Kind rutschte in die richtige Position. Genau zur richtigen Zeit setzte die nächste Wehe ein und das Kind rutschte langsam nach draußen. Nun waren die Schmerzen nicht mehr ganz so groß, aber die Wehen kamen viel schneller hintereinander.

Mit einem letzten Schrei und ihrer letzten Kraft schob Amara das Kind nach draußen, dann sank sie erschöpft nach hinten, auf den Tisch. Gundel kümmerte sich um Amara, während Sigrun sich um das Kind kümmerte, das gerade in diesem Moment das Licht der Welt mit einem Schrei begrüßte. Amara rutschte vom Tisch und setzte sich, erschöpft aber glücklich, auf die Bank. Sigrun drückte ihre das schreiende Kind in den Arm und Amara strich Bärlinde über den Kopf, sie sagte nur „Danke. Ohne dich hätte ich es nicht geschafft." Das zwölfjährige Mädchen nickte dankbar und strich Amaras Tochter über den Kopf. „Die ist ja genauso weiß wie ich." sagte sie.

Amara schaute auf ihre Tochter herunter. „Das bleibt aber nicht so. Die Kinder in meinem Volk werden alle so hell geboren. Wir werden danach erst dunkler. Sie wird aber vielleicht etwas heller sein als ich." erklärte Amara. Dann begann sie ihre Tochter zu stillen. Den Rest des Tages ruhte sich Amara von den Anstrengungen aus. Am nächsten Morgen fragte Gundel „Wie soll dein Kind denn heißen?" und Amara überlegte nur kurz. „Ich werde sie nach meiner Mutter Amanirena nennen." „Ein sehr schöner Name." sagte Gundel und nickte. Sie strich ihrem ersten Enkelkind über den Kopf. „Willkommen in unserem Dorf meine Kleine." sagte sie glücklich.

Bereits eine Woche nach der Geburt stand Amara wieder im Stall bei den Kühen. Gundel kümmerte sich im Haus und die Kleine und wenn Zeit zur Fütterung war, ging Amara kurz ins Haus zurück. Nun wartete sie nur noch, dass ihr Mann wieder zurückkommen würde. So wie es Amara gesagt hatte, wurde ihre Tochter nach ein paar Tagen etwas dunkler, sie blieb aber deutlich heller als Amara. Ein jeder aus dem Dorf war in den Tagen bei ihr zu Besuch gewesen, um das kleine Geschöpf zu bestaunen. Die Geschichte von der schweren Geburt hatte, dank Bärlinde, fast sofort die Runde im Dorf gemacht und dies stärkte nun auch wiederum Amaras Ansehen als Geburtshelferin. Durch die Jäger verbreitete sich die Geschichte schon nach zwei Wochen auch in den anderen Dörfern der Gegend.

Als Karl dann nach vier Wochen endlich wieder in das Dorf kam, hatte Amara eigentlich gar keine Zeit mehr sich um die Kühe im Stall zu kümmern. Fast täglich war sie mit Sigrun unterwegs, um Verletzten oder Gebärenden aus der Umgebung zu helfen.

23. Kapitel

Familienfreuden

Amara lebte nun seit sieben Jahren in dem kleinen Dorf. In dieser Zeit hatte sie fünf Kinder geboren, von denen aber nur noch drei lebten. Ihr jüngstes Kind war gerade einmal ein halbes Jahr alt und genauso alt wie Sigruns jüngstes Kind, die ebenfalls drei Kinder hatte. Die beiden Frauen lebten immer noch zusammen in einem Haus, aber zu den Krankenbesuchen begleitete nun Bärlinde Amara und Sigrun passte in der Zeit der Abwesenheit der Freundin auf deren Kinder mit auf. All die Jahre hatte Karl in jedem Frühjahr seine Felle auf die Pferde gepackt und war damit zur Grenzstation aufgebrochen.

Auch in diesem Jahr wollte er wieder den langen Weg antreten, als er am Abend zuvor noch einmal überlegte. „Wollen wir diesmal nicht zusammen dorthin reiten?" fragte er seine Frau, die gerade ihr jüngstes Kind stillte. „Wir könnten ins Badehaus gehen und du könntest wieder deine schönen Kleider anziehen?" Amara überlegte kurz und schaute auf ihr Kind herunter. Sie würden sicher drei Monde unterwegs sein. Konnte sie sich so lange von ihren Kindern trennen? Doch die Freude auf das Badehaus überwiegte. Sie legte ihre Tochter ab, stand auf, ging ohne ein Wort zu Sigrun in das gegenüberliegende Zimmer und fragte die Freundin „Könntest du für drei Monate auf meine Kinder aufpassen?" Sigrun, die gerade ihren jüngsten Sohn gestillt hatte, schaute auf und überlegte nur ganz kurz, dann nickte sie. Amara bedankte sich und ging zu Karl zurück.

„Ja, das machen wir." sagte sie nur kurz und legte dann das Kind in die kleine Schaukel, die neben ihrem Bett stand. Zusammen legte sie sich hin und Amara dachte an die Zeit in Rom, an die Guten und an die Schlechten Dinge, die sie dort erlebt hatte. Es war ein langer

Weg bis zu der kleinen Grenzstation, aber sie freute sich schon darauf. Die schönen Kleider, die sie sich damals in der Stadt gekauft hatte, und die sie hierher mitgenommen hatte, hingen seit der Zeit in der Ecke. Ihre älteste Tochter Amanirena spielte gern mit dem Kleider, aber sonst hatte sie hier keine Verwendung mehr dafür gehabt. Ob sie ihr überhaupt noch passten?

Leise, ohne ihren schon schlafenden Mann zu wecken, stand sie auf und ging in die Ecke. Im Schein des kleinen Talglichtes zog sie sich das Kleid an. Es war zwar noch frisch in den Nächten und daher fror sie auch etwas, als sie sich den dünnen Stoff über den Körper zog, doch das Kleid passte immer noch so, wie an dem Tag, an dem sie es sich auf dem Markt ausgesucht hatte. Es war damals ihr erster gemeinsamer Tag gewesen und sie schaute verliebt zu ihrem Mann, der sich gerade im Schlaf auf die andere Seite drehte. Sie hängte das Kleid zurück, und obwohl es doch recht frisch in dem Raum war, schlich sie nackt ins Bett, um ihn mit einem Kuss zu wecken.

Im Morgengrauen übergab Amara ihre Kinder an die Freundin und ihre Arbeit an Bärlinde, die für die nächsten Wochen alleine die Betreuung der Dorfbewohner übernehmen würde. Die drei Frauen umarmten sich, während Karl schon mit den beiden Reitpferden und dem Packpferd an der Tür des Stalles stand. Der schwarze Hund freute sich auch schon auf den Weg. Er hatte bisher Amara auf all ihren Wegen begleitet und war am Kopf schon etwas grau geworden.

Amara strich dem Hund über das Fell und stieg dann auf das Pferd. Sie nickte ihrem Mann zu, winkte noch einmal zu den Freundinnen und Kindern, dann ritten sie aus dem Dorf hinaus in den Wald. Sie kamen gut voran auf den Waldwegen. Die Pferde konnten hier besser laufen, als wenn man mit einem Wagen versuchte, sich durch die Schneisen zu bewegen. Da Karl nur noch mit den wertvollsten

Fellen handelte und genau wusste, was die Römer haben wollten, konnten sie die Ware auf das Packpferd laden und ohne Probleme transportieren. In zwei großen Säcken, zu beiden Seiten des Pferdes, hatte er alles verstaut und die Beiden nahmen das Packpferd in die Mitte. Mal ritt Karl vorn und ab und zu auch seine Frau. Der Hund lief immer voraus.

Sie übernachteten in anderen Dörfern oder auch auf Lichtungen im Wald. Der Hund war in beiden Fällen ein treuer Bewacher. Seinen scharfen Sinnen, die auch im Alter nicht gelitten hatten, entging nichts und sein grimmiges Aussehen, sowie die langen spitzen Zähne, ließen jeden Angreifer sofort von seiner Absicht Abstand nehmen. Egal ob Tier oder Mensch. Schon nach Ablauf eines Monats erreichte sie die Waldkante, von der aus sie den Grenzwall vor sich sehen konnten. Die Beiden stiegen ab und gingen die letzten Schritte bis zum Tor. Karl begrüßte die Wachen und übergab ihnen ein paar kleine Geschenke, die er immer für sie mit dabei hatte. Dann durchschritten sie das große Tor. Hier war wieder das Gewimmel, das sie von früher kannte. Bunte Kleider und fröhliche Menschen, aber auch ein paar Slaven sah Amara.

Vor der Taverne stand gerade der Wirt, und obwohl es schon Jahre her war erkannte er sie sofort wieder. Er wusste sogar noch ihren Namen und begrüßte die Zwei herzlich. Ihr altes Zimmer war sogar noch frei. Schon wenig später hatten die Beiden wieder die leichteren Sachen der Römer an und die andere Kleidung blieb im Zimmer zurück. Am übernächsten Tag sollte in der kleinen Siedlung Markttag sein und bis dahin konnten sich die beiden Reisenden noch erholen. Zuerst nahmen sie ein fast üppiges Mahl in der Taverne ein. Der Wirt setzte sich zu ihnen an den Tisch. Sie unterhielten sich über all die Neuigkeiten aus dem fernen Rom und was in den finstern Wäldern so passierte. Amara erzählte von ihren Kindern und der Wirt von seinen. Satt und glücklich gingen die Beiden nach dem Essen auf ihr Zimmer.

Nach einer langen und schönen Nacht waren sie nach dem Frühstück zum Badehaus gegangen. Diesmal hatte sich Amara entschlossen alleine in den Frauenbereich zu gehen. Sie setzte sich in das große Becken zwischen den anderen Frauen und nach ein paar Minuten war sie schon mit einer älteren Frau im Gespräch. Hier drin waren alle gleich und erst am Ausgang, nachdem sie wieder ihre Sachen anhatten, konnte man sehen, welchen Stand die jeweilige Person hatte. Und so bemerkte Amara erst beim wieder anziehen, das ihre Gesprächspartnerin die Frau des Kastellkommandanten gewesen war.

24. Kapitel

Ewige Treue

Die Sonne schaute gerade noch so über die Wipfel der Bäume. Die Frau liebte es, nach getaner Arbeit am Abend auf der kleinen Bank vor dem Haus zu sitzen und sich die warme Sommersonne auf ihr Gesicht scheinen zu lassen. Seit nunmehr zwanzig Jahren lebte Amara in diesem kleinen Dorf, mitten im Wald. Sie schaute zum Durchbruch der Hecke und sah ihren Mann, zusammen mit ihrem ältesten Sohn, die vier Kühe zurück in das Dorf treiben. Karl winkte ihr zu und setzte sich danach zu ihr auf die Bank. Sie waren nun beide über vierzig und fünf ihrer neun Kinder hatten überlebt.

Ihre älteste Tochter war mit ihrem Mann in dessen Haus gezogen, die anderen vier lebten noch bei den Eltern im Haus. Amanirena führte zusammen mit Karl Schwester Bärlinde, auch die Betreuung der Gebärenden und Kranken außerhalb des Dorfes fort. Amara kümmerte sich nur noch um die direkten Nachbarn. Gegenüber trat gerade ihre Tochter aus dem kleinen Stall ihres Hauses und winkte Amara zu, bevor sie in ihr Haus ging. Sigrun kam nun auch aus dem Haus und setzte sich zu ihrem Bruder. Die beiden Familien lebten immer noch in dem großen Hause mit ihren Kindern und seit Gundel vor ein paar Jahren gestorben war, war Karl das Oberhaupt des Hauses. Zumindest offiziell und nach außen hin. In Wirklichkeit führten Amara und Sigrun die Familie, so wie es vermutlich in vielen Familien hier üblich war.

Ihre jüngste Tochter kam gerade ebenfalls aus dem Wald. Sie war gerade mal sieben Jahre alt und hatte mit ihren Geschwistern die Schweine beaufsichtigt. Während die anderen Geschwister die Ställe säuberten setzte sie sich bei der Mutter auf den Schoß und erzählte von den Tieren, die sie im Wald gesehen hatte. Amara strich ihr über den Kopf und schon war ihre Tochter wieder weg. Die Frau schaute ihr noch einen Augenblick hinterher, bis ihr Mann ihre Hand ergriff. Die Beiden schauten sich an. Die Frau nickte. Sie war gern hier in dem kleinen Dorf und konnte sich gar nicht mehr vorstellen, dass sie die erste Hälfte ihres Lebens woanders gelebt hatte. Karl hatte Recht behalten, das alle hier gleich waren. Hier zählte nicht der Besitz oder der Stand, in den man hineingeboren worden war, hier zählte nur das, was man konnte und machte. Hier wollte sie immer Leben und treu zu ihrem Mann stehen.

Karl stand auf, küsste seine Frau und ging ins Haus hinein. Sigrun folgte ihm wenig später, um das Essen für die beiden Familien vorzubereiten. Nach und nach kamen alle ihre Kinder aus dem Stall und gingen an der Bank vorbei. Jedes grüßte die Mutter und zum Schluss saß Amara noch als letzte alleine auf der Bank vor dem Haus. Immer tiefer sank die Sonne und tauchte das ganze Dorf in ein Dämmerlicht. Noch einmal dachte sie an ihre warme alte Heimat weit im Süden. „Hier ist es viel schöner." dachte sie und stand auf. Sie ging zur Tür des Hauses und schaute noch einmal nach Süden.

Sie waren noch ein paar Mal in dem kleinen Grenzort am Limes gewesen, in Rom jedoch waren sie nach ihrem Treffen nie wieder. Von drinnen hörte sie ihre Familie nach ihr rufen und sie trat ein.

Nachwort

Ein glänzender Stein?

Es war Montag, der sechste Mai 2024. Professor Dr. Müller fuhr mit seinem Auto den kleinen Waldweg entlang. Er fluchte leise, er hätte sich vielleicht aus dem Fuhrpark doch den angebotenen Geländewagen geben lassen, aber nun musste er eben so zu der Ausgrabungsstelle kommen. Mehrmals drehten die Räder auf der weichen Erde durch und doch kam er voran.

Unmittelbar neben der Lichtung hatten die Studenten auf dem Feld ihre Zelte aufgeschlagen. Da es ja nun schon wieder warm wurde, saßen sie in der Mitte und unterhielten sich. Sie warteten auf ihren Professor, der hoffentlich bald kommen würde. Karl, einer der Studenten, stand an seinem Zelt und schaute auf die hügelige Gegend im Süden. Er blickte bis zum Harz hinauf. Er war in dieser Gegend, nicht weit von dieser Lichtung, aufgewachsen. Wenn der Wald hinter ihm nicht gewesen wäre, hätte er sogar das elterliche Haus sehen können.

Gestern Abend war er kurz dort gewesen und hatte für alle Studenten Würstchen bei seiner Mutter abgeholt. Die Roster hatten sie am Abend über dem Feuer gegrillt. Hinter sich hörte er das Jaulen eines Motors. Karl strich sich durch das schwarze, stoppelige Haar, schaute sich um und schüttelte den Kopf. Der Professor kam wirklich wieder mit seinem roten, klapprigen Kombi den Waldweg herauf. „Er ist da." rief Karl den anderen zu und alle standen aus. Sie waren fünfundzwanzig Studenten, die Mehrzahl von ihnen waren Frauen. Gemeinsam gingen sie zu dem Auto hinüber, das jetzt an der Waldkante parkte.

Der Professor stieg aus und setzte sich einen breiten Hut auf, der eher in einen Hollywood Film gepasst hätte. Er war nur etwa zehn Jahre älter als seine Studenten und doch hatte ihn das Stöbern in den Archiven schon verändert. Er freute sich jedes Jahr wie ein Kind darauf, wenn es im Sommer nach draußen zu den Ausgrabungen ging. Er sah die Studenten an, die vor ihm standen und sagte nur „Auf geht's." Das war so sein täglicher Spruch und alle folgten ihm.

Es war gegen Mittag, als Karl vorsichtig mit der Schaufel an einer Stelle zu graben begann, an der bisher noch niemand gewesen war. Ein kleiner Hügel hatte sein Interesse geweckt und so richtig wusste er selbst nicht, warum er gerade hier grub und nicht zehn Meter weiter links, bei den anderen. Nach drei oder vier Schaufeln Erde wurde das Graben leichter und er kam gut voran. Ein paar Minuten später stutzte er. Da glänzte was unter seiner Schaufel. War es nur ein glänzender Stein? „Herr Professor." rief er und der Mann kam zu ihm rüber. Sie beugten sich zusammen nach unten. Mit einem Pinsel säuberte Karl die Stelle vorsichtig. Der Stein war eine Münze an einer Kette.

Aufgeregt rief der Professor alle Studenten zu sich. Karl säuberte weiter die Stelle. Er sah die Knochen einer Hand und dann die einer Zweiten. Sie waren ineinander verschränkt, so als ob sie sich und die Kette halten würden. Der Professor steckte einen drei Mal drei Meter großen Bereich ab, den alle gemeinsam und vorsichtig frei legten. Zwei Stunden später standen sie alle um die Grube herum und schauten in die Tiefe. Zwei Skelette lagen da unter ihnen. Eines hatte den Arm um das andere gelegt und die Köpfe lagen so zusammen, als ob sie nebeneinander schliefen.

Zusammen mit Karl stieg der Professor nach unten. Er kniete sich hin und betrachtet die Gebeine. „Es ist ein alter Mann, sicher an die siebzig Jahre alt und eine Frau, die bestimmt auch fast so alt geworden ist." begann er. Er stutzte und schaute noch einmal genauer hin. „Die Frau ist eindeutig Afrikanerin." setzte er erstaunt hinzu. „Eine Afrikanerin hier in Magdeburg?" fragte Karl. Der Professor nickte „Ja und das vor fast zweitausend Jahren." sagte er, auf die Münze, ein verrostetes Schwert und einen verrosteten Dolch neben den beiden zeigend. „

Karl schüttelte den Kopf. „So was gibt es doch nicht." „Warum liegen die hier so nebeneinander?" fragte eine der Studentinnen. „Entweder sie sind am gleichen Tag gestorben oder einer ist dem anderen in den Tod gefolgt." entgegnete Karl nachdenklich. Der Professor war wieder aus der flachen Grube geklettert und überlegte schon wie er diesen Fund wohl in den Fachblättern beschreiben würde. Karl fuhr mit den Fingern über den Schädel der Frau und tief in seinem Inneren hörte er einen Namen den er laut aussprach „Amara."

„Was haben sie gesagt?" fragte der Professor von oben. „Nichts, ich habe nur laut gedacht." sagte Karl von unten herauf. „Was machen wir nun?" fragte eine der Studentinnen ungeduldig vom Rand der Grube. Karl fiel etwas ein und er sagte „Wir könnten sie als Block bergen und so im Museum ausstellen. Dann wären sie für immer vereint." „Das ist eine Klasse Idee Karl. So machen wir das. Ich werde gleich alles Nötige veranlassen." sagte der Professor und ging zu seinem Auto, um sein Telefon zu holen.

Karl fuhr noch einmal mit den Fingern über den Schädel der Frau und tief in seinem Inneren hörte er wieder die Stimme der Frau „Ich danke dir.". Karl flüsterte, so dass ihn niemand der Umstehenden hören konnte, „Gern geschehen, Amara." dann stand er auf.

Zeitliche Einordnung der Handlung:

5800 Steinzeit

Anfang des Buches „**Schicha und der Clan des Bären**"

Ende des Buches „**Schicha und der Clan des Bären**"

5500 Steinzeit

400 --

387 Die Kelten fallen in Rom ein

300 --

218 Der karthagische Feldherr Hannibal überquert die Alpen

200 --

100 --

55 Expedition Cäsars nach Britannien

44, 15. März, Kaiser Cäsar wird in Rom ermordet

0 --

9 Niederlage des Feldherrn Varus gegen die Cherusker unter Arminius

43 Beginn der Eroberung Südbritanniens

54 Nero wird römischer Kaiser

54 Anfang des Buches „**Die römische Münze**"

64 Brand Roms und daraufhin erste Christenverfolgung

68 Aufstände in Gallien und Spanien

68 Selbstmord Kaiser Neros

75 Ende des Buches „**Die römische Münze**"

79, 24. August, Ausbruch des Vesuvs und Untergang Pompejis

80 Einweihung des Kolosseums in Rom

98 Trajan wird römischer Kaiser

100 --

161 Marc Aurel wird römischer Kaiser

200 --

300 --

306 Konstantin der Große wir römischer Kaiser

324 Konstantin bekennt sich zum Christentum und macht dieses zur Staatsreligion

400 --

700 --

764 Anfang des Buches **„In den finsteren Wäldern Sachsens"**

772, im Sommer, Zerstörung der Irminsul

772 Anfang der Sachsenkriege Karls des Großen

782 Blutgericht von Verden (Aller)

783, im Sommer, Gefechte mit Beteiligung sächsischer Frauen

785 Taufe Widukinds in der Königspfalz Attigny

792 letzte größere Erhebungen gegen die Franken

792 Zwangsdeportationen und Neuvergabe von sächsischem Land an Franken

796 Karls Belehrung durch seinen Berater Alkuin

797 mit dem Capitulare Saxonicum werden die Sondergesetze gegen die Sachsen gelockert

800 --

800 Kaiserkrönung Karls

802 das sächsische Volksrecht (Lex Saxonum) wird verabschiedet

802 Ende des Buches **„In den finsteren Wäldern Sachsens"**

804 Ende der Sachsenkriege

889 Wanzleben wird erstmals als Haufendorf erwähnt

900 --

913 Herzog Heinrich von Sachsen stellt ein Ungarisches Heer bei Merseburg

926 Heinrich handelt mit den Ungarn einen zehnjährigen Waffenstillstand für Sachsen aus

937 Otto I. der Große, gründete das St.-Mauritius-Kloster in Magdeburg

938 die Ungarn ziehen erneut gegen die Sachsen

952 Anfang des Buches „**Der Gefolgsmann des Königs** „

955, 10. August, Schlacht gegen die Ungarn auf dem Lechfeld bei Augsburg

955 Otto Beginnt einen großen Neubau des Doms zu Magdeburg.

962, 2. Februar, Krönung Ottos zum Kaiser

968 Anfang des Baues der Burg Wanzleben

980 Ende des Buches „**Der Gefolgsmann des Königs** „

1000 –

1100 --

1142 Heinrich der Löwe wird Herzog von Sachsen

1143 Gründung Lübecks, der ersten deutschen Ostseestadt

1147 Anfang des Buches „**Im Zeichen des Löwen**"

1147 Wendenkreuzzug, dauert als Kreuzzug drei Monate

1152 Königskrönung von Friedrich Barbarossa in Aachen

1155 Kaiserkrönung Friedrich Barbarossas in Rom

1156 Besiedlungszug in Lommatsch

1157 Gründung des deutschen Kaufmannsbundes

1159 Wiederaufbau Lübecks

1160 Anfang des Buches „**Kaperfahrt gegen die Hanse**"

1160 der slawische Burgwall Dobin, liegt am heutigen Schweriner See, wird zerstört

1160 Lübeck erhält das Soester Stadtrecht

1160 Gründung der Kaufmannshanse

1161 Vermittlung eines Handelsprivilegs an die Stadt Lübeck durch Heinrich den Löwen

1161 Gründung der Gotländischen Genossenschaft als Vorläufer der Hanse

1162 das Kloster Altzella, bei Nossen, wird gegründet

1163 Ende des Buches **„Im Zeichen des Löwen"**

1180 Heinrich verliert das Herzogtum Sachsen

1200 –

1200 Gründung des Petershofes in Nowgorod als Außenstelle der Hanse

1200 Ende des Buches **„Kaperfahrt gegen die Hanse"**

1250 Anfang der Blütezeit der Städtehanse

1300 –

1500 --

1517 Anfang des Buches **„Die Bruderschaft des Regenbogens"**

1517, 31. Oktober, Luthers Thesen in Wittenberg veröffentlicht

1518 Müntzer und Luther sind in Wittenberg

1520 Müntzer predigt in Zwickau

1522 Neues Testament erscheint auf Deutsch

1523, zu Ostern, Katharina von Boras Flucht aus dem Kloster

1524 Bauern- und Handwerkeraufstände in Sachsen

1525, 15. Mai, Schlacht bei Frankenhausen

1525, 27. Mai, Thomas Müntzer wird in Mühlhausen enthauptet

1525, 27. Juni, Heirat Luthers mit Katharina von Bora

1525, im Dezember, das Kloster Buch wird geschlossen

1526 Niederschlagung der letzten Bauernaufstände

1527 Ende des Buches **„Die Bruderschaft des Regenbogens"**

1530 Reichstag zu Augsburg beschließt Duldung des Evangelischen Glaubens

1534 die gesamte Bibel erscheint auf Deutsch

1600 –

1618, 23. Mai, Fenstersturz zu Prag als Auslöser des Krieges

1618 Anfang des dreißigjährigen Krieges

1630 Anfang des Buches **„Im Schein der Hexenfeuer"**

1631 Kriegseintritt Sachsens
1632 die Pest wütet in Sachsen
1641 Zerstörung Dresdens durch die Schweden
1648 Westfälischer Friede
1648, 24. Oktober, Ende des dreißigjährigen Krieges
1650 Ende des Buches **„Im Schein der Hexenfeuer"**
1700 --

Von Uwe Goeritz ebenfalls beim Verlag BoD erschienen (BoD – Books on Demand, Norderstedt, nähere Informationen finden Sie unter www.BoD.de)

„Schicha und der Clan des Bären"
die ISBN lautet 978-3-7386-0262-3

„Diese Geschichte spielt in der Steinzeit, als unsere Vorfahren dazu übergingen sesshaft an einem Platz zu leben. Es war der Beginn der Siedlungen, von Viehhaltung und gezieltem Anbau von Pflanzen. Die Schwierigkeiten der ersten Siedler und die Gefahren in ihrer Umwelt werden deutlich gemacht."

108 Seiten für 7,90 Euro

„In den finsteren Wäldern Sachsens"
die ISBN lautet 978-3-7357-7982-3

„Diese Geschichte spielt von 764 bis 802 in den Völkern der Sachsen und Franken. Matthias, ein Franke, und Thorsten, ein Sachse, haben beide ihre Familien in den Sachsenkriegen verloren. Nach kämpfen gegeneinander werden sie Freunde und müssen sich den täglichen Anforderungen des Lebens stellen. Im Kontext des Krieges von Karl dem Großen gegen die Sachsen muss sich ihre Freundschaft bewähren wenn Frieden zwischen den Völkern herrschen soll."

108 Seiten für 7,90 Euro

„Der Gefolgsmann des Königs"
die ISBN lautet: 978-3-7357-2281-2

„Die Geschichte spielt um das Jahr 950 im Volke der Sachsen in der Nähe des heutigen Magdeburg. Berthold ist als Oberhaupt nach dem Tod seines Vaters für die Geschicke des Dorfes verantwortlich. Zusammen mit seiner Frau Johanna, seinen Brüdern, seiner Heilkundigen Schwester Edith und den anderen Bewohnern im Dorf bewältigt er die täglichen Herausforderungen des Lebens in einer Zeit in der das Christentum und die Einigkeit des deutschen Volkes noch ganz am Anfang stehen. Als König Otto zum Kampf gegen die Ungarn ruft, werden Berthold und die Seinen auf eine harte Probe gestellt."

116 Seiten für 7,90 Euro

„Im Zeichen des Löwen"
die ISBN lautet: 978-3-7347-5911-6

„Die Geschichte spielt von 1147 bis 1163 im Volke der Sachsen in einem kleinen Dorf. Wolfgang und Heinrich kennen sich seit Kindertagen doch nun ist einer der Herzog und der andere ein Bauer. Kann ihre Freundschaft diese Kluft überbrücken?

Wolfgang erwirbt sich in den vielen Kämpfen das Vertrauen seines Herzogs und darf das Banner mit dem Löwen im Kampf führen doch der Kampf gegen das Volk der Slawen stellt diese Freundschaft auf immer neue Bewährungsproben. Kann Wolfgang, als halber Slawe, den Kampf gegen das Brudervolk mit seinem Gewissen vereinbaren?

Zusammen mit Karl ist er als Oberhaupt für die Geschicke des Dorfes verantwortlich. Mit seiner Frau Gisela, seinen Bruder Siegfried und den anderen Bewohnern im Dorf bewältigt er die täglichen Herausforderungen des Lebens in einer Zeit als aus dem Dorf langsam eine kleine Stadt wird."

116 Seiten für 7,90 Euro

„Kaperfahrt gegen die Hanse"
die ISBN lautet: 978-3-7386-2392-5

„Norddeutschland, Ende des 12 Jahrhunderts. Diese Geschichte handelt von 1160 bis 1200 zu Beginn der Hanse in einem kleinen Dorf an den Ufern der Ostsee. Eine kleine Gruppe von Fischern beginnt einen Kampf gegen die Übermächtig erscheinende Verbindung zwischen Kaufleuten der Hanse und den lokalen Fürsten.

Immer schlimmer werden sie ausgepresst, damit ihr Fürst Handel treiben kann. Unter Ausnutzung des Aberglaubens der Seemänner gelingt es ihnen, einen Teil des erpressten Eigentums zurück zu holen und unter der Bevölkerung zu verteilen.

Wie lange können sie aber der übermächtigen Allianz und der Macht des neuen Städtebundes widerstehen? „

108 Seiten für 7,90 Euro

„Die Bruderschaft des Regenbogens"
die ISBN lautet: 978-3-7386-5136-2

„Sachsen zu Beginn des 16. Jahrhunderts. Als Kind ist Thomas in das Kloster eingetreten, doch im Laufe der Zeit kommt er immer mehr in den Konflikt mit der Kirche. Sein Zusammentreffen mit Müntzer und Luther führt bei ihm auch zu einer inneren Reformnation. Hin- und Hergerissen zwischen den Ansichten dieser beiden Prediger ergreift er Partei für die Bauern, aus deren Stand auch er einst kam. Nach der Niederschlagung der Bauernaufstände muss er sich entscheiden, wie sein Lebensweg weiter gehen soll."

112 Seiten für 7,90 Euro

„Im Schein der Hexenfeuer"
die ISBN lautet: 978-3-7347-7925-1

„Diese Geschichte handelt in den Jahren 1630 bis 1650 in einer kleinen Stadt in Sachsen. Johanna hat in den Wirren des dreißigjährigen Krieges schon zweimal ihre Familie verloren. Als Frau eines Kaufmannes gerät sie in einen Hexenprozess, den sie nur mit viel Glück und der Hilfe ihres Mannes überlebt. Nach diesem Prozess arbeitet sie weiter mit Kräutern und versucht den Menschen zu helfen, so gut sie es kann. Im alltäglichen Leben werden ihre Fähigkeiten immer wieder gefordert und sie muss jeden Tag beweisen, dass sie eine starke Frau ist."

112 Seiten für 7,90 Euro

Aktuelle Informationen und Neuerscheinungen finden sie immer im Internet unter:

www.Goeritz-Netz.de